AF599500

Comme l'ombre d'un chat noir

Jean-Marie Loison-Mochon

Comme l'ombre d'un chat noir

Roman

ISBN : 979-10-422-2149-2

Chapitre I

Car j'ignore où tu fuis, tu ne sais où je vais.

Charles Baudelaire

Paraîtrait-il qu'on a plusieurs vies. Moi j'sais pas, j'ai la mienne déjà. Et quand j'regarde celle des autres félins, j'la dirais bien étrange. Bien différente au moins.

J'sais bien qu'y faut pas trop s'comparer, mais y'a des fois on peut pas faire autrement. Et puis, à partir de là que j'me suis comparé une fois puis deux puis vingt, j'ai bien vu, même avec le seul œil qui m'reste, que ma vie d'chat noir elle a pas grand-chose à voir avec celles des autres.

Ces autres qui souvent ont quatre pattes intactes, ces autres qui dorment leur soûl, qui vont dans le jour autant qu'des humains, dans la nuit autant qu'dans l'sommeil. Ils ont pas, eux, une griffe qui rebique et crache du sang à tout va, y z'ont pas non plus une patte en vrac, une autre brûlée, non ! Souvent les autres félins que j'croise, ils ont tout d'intact, y vont et viennent dans leur p'tit univers, y z'ont pas b'soin d'le quitter puisqu'y'a toute la douceur d'y revenir. Oui, mais moi ça, j'ai pas tout à fait connu, ou si j'l'ai connu j'm'en souviens pas. Dans une autre vie p't-être.

Pour ça, d'aller à droite à gauche sur Terre, p't-être aussi qu'les misères que cette vie-là m'a faites m'ont donné en retour ce p'tit pouvoir : à volonté j'peux aller et venir aussi, mais pas qu'dans un p'tit univers. Mon terrain d'chasse à moi, c'est partout où y'a la nuit, partout où y'a la lune et oui : partout sur Terre. Mais vous comprendrez.

Pour le reste, j'le vois bien qu'on est pas pareils, les autres et moi. Ça saute à nos trois yeux quand on s'croise. Y m'regardent à moitié dégoûtés, à moitié jaloux. Quoi, c'est mon poil noir ? Mes p'tites infirmités ? Ou le fait que j'n'aie pas d'ombre, peut-être. C'est vrai qu'ça, ça m'en a fait voir rebiquer des matous, friser des minous et minettes.

Si j'vous parlais d'terrain de chasse à l'instant, c'est bien pour ça : d'autant que j'me souvienne, j'ai toujours couru après mon ombre.

Croyez pas qu'comme vous, comme eux, j'ai pas essayé d'comprendre. J'ai pas d'ombre et j'sais que j'devrais en avoir une. J'le sais parce que voyager, à part de partout à sa recherche, j'l'ai aussi fait dans mes souvenirs. J'ai essayé d'aller loin, de r'monter au tout début de c'te vie-là. Et en m'creusant bien l'espace-temps, j'suis rev'nu à une époque de chaton. Et j'me revois, bien, net, intact encore, même si craintif de tout.

Au plus loin que j'me souvienne de cette vie, j'me revois tout p'tit tout entier, et l'contour apparent : j'ai une ombre.

C'est un parking en bord de rue. Y va bientôt faire jour, il a fait un froid pas possible cette nuit. Je tremble, je frissonne, de peur, car la ville commence de s'agiter à tout va autour de moi. Mille bruits, autant de pas, de grandes formes qui n'sont pas des chats. J'vous fais la traduction du chaton qu'j'étais, car depuis peu après dans c'jour-là, j'ai tout su des noms, des choses, des villes : y'avait des voitures qui miaulaient du moteur, des humains avec plein d'ombres d'eux-mêmes qui les suivaient, des voix dans tous les sens dont je n'comprenais rien encore.

De c'que j'me souviens, tout près, y'avait deux voix, deux silhouettes. Une dans un recoin d'mur où ça sent le chat ou l'homme qui a marqué mille fois son territoire. De cette silhouette-là, il monte un rythme monotone, répétitif, mais convaincu, qui me reviendra ensuite. La silhouette sent fort, très fort, et la chose orange et rouge qui fume sous ses mains, aussi. Ça m'agresse le museau, mais moins qu'tout ce bruit.

De sous une voiture, j'regarde l'autre silhouette, assise sur une autre de ces masses de tôle. 'Pis tout à coup, ça te hurle une mort à côté sur l'parking. Ça vrombit, j'ferme les yeux. Mon collier grelotte, j'sais plus d'où j'viens, j'sais plus où j'vais, j'l'ai toujours ignoré, comme où a fui mon ombre : j'suis terrorisé par ce bruit, et les silhouettes s'agitent pas loin. Elles se crêpent la moustache j'crois, mais j'en sais pas plus, car encore à c'moment-là, j'comprends rien du dialecte humain, et de t'façon, j'ferme les yeux pour attendre que ça passe. Pour attendre que le bruit passe, que le jour passe, que la nuit revienne, que le froid s'en aille. Les yeux fermés.

Si j'avais su qu'y'en a un des deux que j'rouvrirais jamais, j'aurais p't-être profité encore un peu de lui, ne serait-ce que pour voir le danger qui arrivait. J'entends l'gravier crisser, une main cogne contre la tôle au-dessus de moi, plusieurs fois. J'bouge pas, j'ferme les yeux. T'as été bête, chaton. On m'attrape par la queue, je miaule comme un damné, mais ça encore, c'est rien. J'vais hurler dans pas longtemps. J'bouge une patte, on m'l'attrape, on m'la casse. J'en bouge une autre, on m'arrache la griffe. J'vais pour ouvrir l'œil, on me le…

Chapitre II

En brume elle s'imprécise
La force est d'un désir, monde d'intentions
En brune elle se précise
Monde un tant soit peu prisé par la lumière
Et par la brume j'erre [...]
La fumée des hommes est d'un feu invisible
Brume dense
Et danse brune
L'aube encense et parfume l'air
L'ombre entre en ce mot qui [...]

Brume dense, auteur inconnu

J'aim'rais ouvrir les yeux, mais j'peux qu'avec un. C'est l'crépuscule, la douleur est atroce, les pattes… une brisée, une brûlée, petit triangle à vif sur mon membre avant, qui avec ça saigne d'une griffe amputée.

C'te patte j'l'enlève de ma caboche, car j'peux pas m'cacher l'monde de toute façon, et c'fluide noir y r'froidit si vite après s'être échappé… Autour ? Plus d'graviers, mais du béton, froid, tout est froid ! Sauf mon œil, mes pattes, mon corps. J'l'entends hurler de l'intérieur. Qui ? Pourquoi ? Pour quelle raison ? Dans c't'œil qui m'reste, j'vois cette devanture, je lis… je lis ? Je lis ! *Pavillon noir.*

J'suis au pied des poubelles, mais j'vois la vitrine pleine d'instru… J'vous l'avais dit tout à l'heure : après c'qui m'est arrivé, je pouvais tout voir, tout comprendre, savoir de tout ce qui m'entoure. Et y'a pas qu'ça, vous verrez…

En tout cas, d'un œil j'vois rien que d'la douleur, de l'autre cette devanture aux guitares, basses et pianos prenant la poussière. La musique a cessé sûrement. Contrairement à ces cris que l'intérieur de moi m'fait. Ça s'accompagne d'autre chose pourtant, dans mon dos, derrière les poubelles, derrière le muret. Là où tout est arrivé, là même où j'entendais plus tôt ce même rythme dans une voix : la même.

J'suis sur le flanc, j'ai pas la force de bouger plus mon corps que d'un bout d'tête. Eh, c'est qu'on vous arrache pas un œil, une griffe tous les jours.

Et y'a pas qu'ça. Le même marmonnement, mais dans la fumée du p'tit feu d'tantôt, je distingue maintenant tous les mots. Et ça r'commence sans cesse. *La fumée des hommes est d'un feu invisible… brume dense… et danse brune… l'aube encense et parfume l'air… l'ombre entre en ce mot qui me…* et ça r'passe, encore ! J'ai pas la force de bouger.

Dans la rue on passe pas trop. J'regarde la lune là-haut, alors qu'j'avais jamais su qu'elle s'app'lait *la lune.* Y aurait même des étoiles, que j'savais pas qu'c'étaient des étoiles ces trois p'tits points brillants, qui brillent en suspension et puis… « TUTUTUTU ! Attends p'tit chat, on arrive ! TUTUTUTU ! »

Deux nouvelles silhouettes, elles me cachent presque tout l'ciel. L'une bat des ailes, le bec long comme les pattes. L'autre… mon œil a pas la force de savoir… une petite forme noire, un truc gonflé dans l'air. Un drapeau ? Du tissu. Dont un p'tit animal se sert pour planer jusqu'à moi. Et pis les deux, elles m'surplombent maintenant.

« TUTUTU ! Eh la cigogne, on avait dit qu'on prév'nait l'autre que le p'tit chat y s'réveillait !

— Arrête de faire l'excitée, l'écureuillette. J'viens à peine de m'en apercevoir. Et puis pas d'familiarités, moi c'est Madame des fontaines.

— Tutututu... » qu'font les deux silhouettes en s'posant juste au-dessus de moi.

« T'es coinços du gosier des fois la cigogne ! TUTUTUTU !

— Allez, tais-toi don' l'rongeur des villes.

— TUTUTUTU, je… !

— Qui t'a fait ça, chaton ? » que m'cause la cigogne.

J'reste interdit, pas un mot. J'm'étonne encore qu'on m'parle, que j'comprenne le langage de ce volatile aux grands yeux bleus. Même chose pour le verbiage de c'petit écureuil dont les yeux verts s'arrêtent pas d'faire des allers-retours sur moi. De d'ssous d'drôles de jolies boucles et son tissu noir qu'elle s'est mis en châle, elle sort :

« Tututu… tu crois qu'on lui a aussi coupé la langue ?

— Sois pas bête l'écureuillette, c'est aux chats qu'on donne sa langue, pas l'inverse.

— Tutututu ! J'sais pas moi.

— Justement, tu donnes ta langue au chat. N'est-ce pas mon p'tit bonhomme ?

— Tutututu… cigogne-je-sais-tout, va… »

J'me sens pas d'leur parler. Elles ont l'air de m'vouloir du bien pourtant. Mon œil les r'garde, c'est une façon d'répondre. La nuit tombe. Les cris en moi y s'calment un peu. Parce que la nuit tombe ? J'ai plus qu'la douleur.

Un humain passe, y semble pas s'étonner de voir trois bestioles en pleine ville. Y semble même me r'garder qu'moi. Tête avachie. L'œil valide bien barbouillé d'sang, j'le ferme et fais l'mort. Je sais, ça m'a pas servi d'leçon d'les avoir gardés fermés sous la voiture tantôt. Au point où j'en suis… J'crois qu'y m'a regardé avec compassion. Avec compassion aussi, il est parti. Compassion – compte pas sur moi, y'a comme des échos.

La cigogne et l'écureuil par contre, s'demandent :

« Tutu… qui c'est qu'c'est qui lui a fait ça, tu crois ?

— Je ne sais pas, madame Tututu. Mais y s'dit dans tout Lorient que c'était pas beau à voir.

— TUTUTUTU ! J'm'appelle pas madame Tututu. Et m'parle pas d'ça la cigogne, ça m'fait frissonner d'la fourrure !

— Ouais bah c'était… moi j'suis sûre que c'sont des gens du jour. Y a que les gens du jour pour vous faire un truc pareil. »

De derrière le muret, toujours le même marmonnement… *en brume elle s'imprécise… la force est d'un désir, monde d'intentions… en brume elle se précise… monde un tant soit peu prisé par la lumière… et par la brume j'erre, à courir, à songer…*

Mes deux p'tites compagnies frissonnent de sous la voix, moi j'm'en fous. Qu'est-ce qui pourrait m'arriver d'pire ?

« Elle me fait peur ta voisine, l'écureuillette.

— Tututu… elle fait pas de mal. Enfin… faut p't-être pas laisser le chat ici cette nuit, elle pourrait s'le faire cuire. »

Mon œil s'ouvre sous l'coup d'une peur nouvelle !

« Ah bah il est réveillé ! Tutututu ! J'vais l'emm'ner à mon septième gratte-ciel, la cigogne.

— Et avec quels muscles, petite chose bouclée ? Non, non. Je vais l'emmener *aux fontaines*. Prête-moi ton châle, j'vais l'transporter comme ça.

— Tututu ! Tu fais toujours comme qu'est-ce que c'est qu'tu veux toi… »

Elles me déplacent un peu. La douleur me fait miauler.

« Tu vois, il l'a, sa langue ! »

Et en moi on crie aussi. L'écureuil et la cigogne s'interrompent. La voix derrière le mur aussi. Elles regardent là où j'gisais, silencieuses.

« Tutututu… c'est quoi ?

— Du sang, beaucoup de sang.

— Mais c'est noir, tututu…

— C'est l'effet de la nuit ça. Par contre ces dessins…

— Tututu ! ça, je sais ! C'est des… graffitis !

— Ah ?

— Oui oui oui, tututu ! J'aime beaucoup ce mot, on pourrait l'croquer ! Grafffffiti, graaaaffiti, graffitttti, graffitiiii !

— C'est pas parce que tu l'aimes que c'en est, l'écureuillette.

— Ah ouais ? Tutu… et c'croissant dessiné, tu crois qu'c'est quoi, hein ?

— Un beau trait vert. On dirait un sourire.

— Ou la lune, tutututu…

— Un sourire vert dans une mare de sang. Moi *j'ai une préférence pour les teintes chaudes.* »

À deux, elles me font vaguement m'relever sur mes pattes valides. La lune nous éclaire. On voit leurs ombres s'activer sur les poubelles à côté. S'activer autour de m… La cigogne et l'écureuil ont la même vision que moi. Elles s'arrêtent, me regardent, s'arrêtent à nouveau les yeux sur les poubelles, me regardent encore. Elles bougent leurs corps, me déplacent, regardent encore. Leurs ombres s'activent, projetées sur les poubelles. Mais la mienne ? Je suis dans le châle. Elles ont l'air inquiètes.

Est-ce que je devrais l'être, moi aussi ? Je n'ai plus d'ombre.

Chapitre III

Cuando el otro apareció al lado del tuyo casi tuviste miedo, [...]
alguien se animaba como vos a divertirse
al borde de la cárcel o algo peor, y ese alguien por si fuera poco era... [...]
Vos mismo no podías probártelo, había algo
diferente y mejor que las pruebas más rotundas:
un trazo, una predilección por las tizas cálidas, un aura

Quand l'autre tracé apparut à côté du tien, tu eus presque peur [...]
quelqu'un en venait comme toi à s'amuser
au bord de la prison ou pire, et ce quelqu'un était... [...]
Toi-même, tu ne pouvais te le prouver, mais il y avait quelque chose
de différent et plus fort que les preuves les plus claires :
un tracé, une prédilection pour les craies aux couleurs chaudes, une aura

Julio Cortázar

C'était la première fois que j'volais, et pas la dernière. Vous comprendrez. Dans l'châle au bout du bec, je laissai pendre ma tête sur les murs d'la nuit. Mon œil s'baladait sur cette ville que l'écureuillette et la cigogne avaient appelée *Lorient*. Moi j'voyais pas d'or, pas d'aube ou d'Orient, juste des étoiles et l'argent d'la Lune.

D'en haut j'voyais toute l'embouchure d'une rivière qui fendait l'corps d'ombre de la ville. C'soir-là et tous les jours, semaines qui suivirent sur son toit, la cigogne des fontaines me causa. Elle prit soin d'moi, l'écureuillette venait aussi, m'faire des *tutututu* d'affection dans les oreilles. J'parlais pas. J'crois qu'j'aurais pu, puisque j'comprenais tous les dialectes humains. Alors d'la cigogne ou d'l'écureuil, sûrement qu'ce sont des langues qu'auraient été à portée d'ma gorge de chat.

J'leur disais rien, mais mon œil, si, des tendresses, des mercis, un amour d'reconnaissance. Je sortais jamais vraiment, juste une patte ici ou là dans la nuit. Le jour j'pouvais pas. Avec le fait que j'comprends l'monde depuis l'aube fatidique, j'crois bien qu'lui y m'comprend pas. Alors je pouvais pas sortir ma sale tête de borgne, de félin éclopé, brûlé, boiteux. Depuis que j'comprenais le monde, j'étais aussi capable de ressentir son regard. Et lui, il a plus qu'un œil, même plus que deux. D'où l'fait que j'préfère la nuit, qui elle m'fait pas l'souffle court, qui m'fait baisser la pression d'sang par je n'sais quel phénomène de marée.

Avec ça y'a aussi qu'j'ai une séquelle plus embêtante que d'avoir plus qu'un œil comme la nuit qu'en n'a qu'un seul grand avec la lune : ça, ça peut avoir son charme. Mon autre mal, c'est qu'la griffe arrachée a repoussé, mais souvent, souvent, elle se met à pisser l'sang, et souvent c'est la nuit. Alors on dirait qu'sous les flammes de la lune j'me répands, un peu d'rouge, un peu d'noir, comme à feu et à sang.

La cigogne m'en voulait pas d'saloper chez elle. Chez elle y'avait que d'la compassion, d'la compréhension, d'la vraie. Au fond d'mon œil, elles cherchaient autant, avec l'écureuillette, à m'aimer qu'à m'comprendre.

Un jour ou plutôt une nuit, qu'mon museau brillait sous la nuit comme un p'tit point, la cigogne me dit :

« T'as pas d'nom, plus d'collier pour nous l'renseigner, mais on pourrait t'en donner un, de p'tit nom. Je te vois souvent regarder là-haut, qu'est-ce qu'il y a tout là-haut ? Ce sont les trois étoiles que tu regardes ?

— TUTUTUTU ! Je sais, je sais ! Regarde sa bouille de p'tit tout triste. R'garde la cigogne, son p'tit nez, son p'tit œil et la lune derrière lui, tututu !

— Eh ben ?

— Eh bah, tutututututu ! On dirait les trois points dont tu parles dans l'ciel !

— Ce s'rait pas faux, l'écureuillette. Qu'est-ce que tu proposes ?

— Ben puisqu'ici c'est Lorient, tututu ! On a qu'à l'app'ler comme ça !

— Comme ça comment ?

— *L'Orion* ! tututu ! »

J'ai jamais su comment, mais elle connaissait des noms à toutes les étoiles, quand même moi qui savais tout depuis l'aube et la brume, j'en savais rien. *L'Orion* ce s'rait.

Les s'maines passèrent chez la cigogne *des fontaines*, j'pris ma stature d'aujourd'hui : félin, élancé, beau poil et scarifié c'qu'il faut, l'œil, la brûlure, la patte arrière gauche qu'à jamais r'marché mieux, la patte avant droite brûlée d'un p'tit triangle red'venu noir de pelage depuis et… la griffe qui fuyait des fois comme un torrent. Et… oui parce que j'sais bien c'que vous vous dites, j'ai plus parlé d'mon ombre.

Au fil du temps, la cigogne et l'écureuillette s'en sont moins formalisées, de pas m'voir d'ombre, mais moi… j'entendais, et j'entends toujours, le cri terrible en moi, qui monte sans que j'comprenais bien pourquoi. J'parle pas autrement qu'par l'œil, mais de toute façon, j'aurais pas pu leur parler de c't'histoire d'ombre.

Oh, croyez pas : je cherchais ! Je cherche. J'étais censé tout savoir, mais de moi-même, de ça précisément d'mon ombre, j'savais pas. C'te voix dans moi, ce hurlement, c'était quoi ? Des fois j'me disais que c'était le vacarme que f'sait l'absence. Des fois j'me disais aussi que p't-être, mon ombre elle me fuyait par la griffe les jours où ça pissait d'fluide. Vous la verriez, cette griffe… longue et crochue. Une vraie excroissance au bout d'la patte. Et quand elle saigne vous s'rez surpris, mais ça m'fait pas souffrir, ça non. Ça m'fait comme éparpiller une part de moi dans du plaisir. Ouais, p't-être un peu c'que devrait faire mon ombre : laisser une trace de moi où qu'je passe, comme un p'tit écho éphémère. Mais j'vous perds, alors j'reviens à ma cigogne.

Un jour l'écureuillette lui dit que *c'était pas une vie pour un chat de siester dans un nid et tutututu, patati* :

vous savez. *Tutututu, il ferait bien d'venir à mon 7e gratte-ciel, la rue du port y'a rien d'mieux pour regarder d'nouveaux horizons, et pi p't-être même tutututu, pour retrouver la parole. T'en dis quoi, L'Orion ?* J'en dis rien, mais j'la suivis et la cigogne vint nous voir souvent, en quelques coups d'aile. Cela dit, z'êtes pas sans savoir que le 7e gratte-ciel à l'écureuillette, il était tout près de là où… tout ça commença.

Une nuit… pendant qu'dans les plumes de la cigogne assoupie, l'écureuillette ronflait chez elle – elle aurait dit *tutututu j'ronflifie pas moi !* – je descendis du 7e gratte-ciel, à l'abri du foutu jour et de m'demander trop si j'avais une ombre ou pas quelque part. Oui j'ai toujours aimé la nuit depuis, dès les crépuscules, parce que l'air s'fait différent, les humains cessent de s'affairer, vont s'mettre à l'abri dans leurs nids à eux et tous leurs autres 7e gratte-ciel, et c'est là qu'la vie commence pour moi. Les bras d'la cigogne et d'l'écureuillette, ils étaient doux aussi en c'temps, mais y m'rendaient pas mon ombre. Et ça qu'est-ce qu'elles auraient pu y faire de toute façon ?

La chasse de mon ombre, c'est qu'à moi d'la faire… c'est un peu pour ça qu'cette nuit-là je sortis et que j'descendis pour la toute 1re fois depuis les événements jusque-là où j'perdis et mon œil et mon ombre.

À l'air libre la lune m'éclaira. La lune éclaire toujours les aires libres. Ma patte se mit à ruiss'ler. Y avait le hurlement en moi avant la nuit, et maint'nant… plutôt comme un fredonnement. Le gravier, le mur, tout était là et vide, et personne. Le silence.

Je m'assis face au mur, la lune l'éclairait. Ça sentait le territoire marqué et la braise éteinte. On appelle ça le feu retombé, j'crois. Celui de la lune argentait la petite façade et… je n'sais pas pourquoi, j'voulus toucher les rayons. Bien sûr, je n'touchai que le mur avec ma patte follement ruiss'lante. J'y vis ma marque. J'avais p't-être pas touché les rayons, mais ils caressaient la marque que j'venais de laisser. Alors j'voulus faire plus. Et puisque j'avais pas d'ombre, j'voulus en dessiner la forme. Mille fois, j'm'étais vu dans les yeux d'la cigogne et d'l'écureuillette, alors j'm'en inspirai. Je fis c'que j'pus avec ça et voilà, sur le mur ça y était.

Non bien sûr, c'était pas mon ombre, c'était qu'un *tututu graffiti tutututu* comme l'aurait dit quelqu'un. J'regardai autour, histoire d'être sûr qu'y'avait personne ou mieux : qu'y'aurait pas eu mon ombre, que j'aurais pu avoir laissée là depuis. Mais non, personne. Pas l'ombre d'une âme.

Alors à côté d'mon autoportrait irradié d'lueurs, j'me mis à bobiner deux trois mots. D'ma patte dégoulinante, de ma belle griffe en forme de croissant, j'fis crisser :

Qu'est-ce qui est noir à la nuit, et qui fuit de sous ma patte comme l'obscurité dans une aube de brume ?

Si vous saviez la réponse que le lendemain m'apporta…

Chapitre IV

[...] le dijiste todo lo que te venía a la boca como otro dibujo sonoro,

otro puerto con velas, la imaginaste morena y silencosia [...}

[...] tu lui dis tout ce qui te venait à l'esprit, comme un autre dessin sonore,

un autre port avec des voiles, tu l'imaginas brune et silencieuse [...]

Julio Cortázar

Lendemain, 7e gratte-ciel, moi dans une aile, l'écureuillette dans une autre, de la cigogne. On s'réveilla tous les trois dans un même souffle.

Notre p'tite vie était pas désagréable, même si l'écureuillette avait vite tendance à nous répéter son même p'tit manège. Après, 'paraît qu'c'est dans leur tempérament à ces p'tits animaux-là, que dès qu'ils ouvrent les yeux aux aurores, du genre 12 heures, 14 heures, leurs pensées partent dans tous les sens et y faut faire mille « tutututu trucs » et tututu et tutututu… il faut courir dans tous les sens, imaginer la suite de la journée.

« Y faut ménagifier, tututu, y faut partir à la r'cherche d'un nouveau 7e gratte-ciel, tututu, dis ! la cigogne tututu tu nous emmèn'rais pas en voyage tututu, j'en ai marre de l'hiver tutu tout froid. Dis ! on pourrait cueillir des plantes, tututu, pour arborifier le 7e gratte-ciel parce que bon, on pourrait y rester encore un peu tututu. Mais tutu, la cigogne, y faut d'la terre pour ça, tu vas nous en chercher ? tututu ! Et on pourrait planter des fraisiers, tututu, et puis même un noisetier, tututu.

— Hop hop hop l'écureuillette !

— Quoi, môdame tututu la cigogne des fontaines ? Tutu tu as une objection à mes envies d'noisette ? tututu !

— Moi non, mais la nature si. Planter un noisetier, ça t'fera pas des noisettes tout de suite.

— Tututu ! Et pourquoi ça ?

— Parce que c'est comme toi, moi, L'Orion, s'comprendre tous les trois : y faut du temps, pour que ça grandisse.

— Tututu ! Et ? On en a du temps ! Et 'pis on a qu'à d'mander au soleil de souffler un peu plus fort, tutu ! Et au vent d'arrosifier plus souvent de pluie, tututu !

— Ça n'marche pas comme ça, l'écureuillette… il faut cultiver le temps, et la tendresse, et la compréhension. L'écoute, et l'amour.

— Pour faire pousser des fraises et des noisettes ? Tututu tu dis beaucoup des bêtises la cigognette ! »

Des fois j'l'aimais bien son enthousiasme, à l'écureuillette. J'me serais volontiers laissé aller à croire qu'à en arroser les journées on pouvait tout faire dans tous les sens qu'partaient ses idées, comme d'un genre de croissance lumineuse.

« Mais l'écureuillette, raconte-moi comment tu vas faire si tu veux changer de 7e gratte-ciel, si tu veux t'absenter souvent, si tu veux partir vivre où y fait chaud, pour planter des fraises ou des noisettes et t'en occuper, et les cueillir, et enfin en profiter ? Hein ?

— Tututu... »

Des fois y'a des remarques qui restent sans réponse. Souvent, comme c'matin-là, plutôt que d'répondre l'écureuillette alla papillonner dans des danses, siroter des jus d'noisettes fermentées entre copains d'gratte-ciel, fumer l'air du soir quand on a bien rempli son temps même si qu'on l'a pas pris, et qu'on a bien pris soin de… pas répondre à la question. Oui : qu'est-c'que j'désire, moi, ou des autres, qu'est-c'que j'désire vraiment ? Est-ce que j'cherche l'amour, est-ce que j'lui laisse le temps d'se montrer ? J'crois qu'l'écureuillette et la « cigognette tututu », elles se posaient ces questions, même en m'regardant. Vraiment, j'admirais cette énergie de l'écureuillette à chercher dans l'monde, dans tous les sens qu'elle ouvrait les yeux.

Moi, j'pouvais pas faire pareil, déjà qu'j'en ai plus qu'un, et puis j'suis un chat noir alors la lumière qui vous fait pousser fraises et noisettes… ma croissance lumineuse à moi était sous lune, avec mon excroissance de griffe qui fuit, et j'savais déjà bien c'que j'cherchais : mon ombre.

C'matin-là, l'écureuillette partit faire sa vie j'sais pas où, elle m'étreignit « fort fort tututu » et moi j'avais dans la tête que de r'descendre jeter un œil, mais pas trop quand même parce qu'y m'en reste plus qu'un – à mon œuvre d'art d'cette nuit. C'fut la dernière fois que j'vis l'écureuillette.

La cigogne me dit qu'y fallait qu'elle aille chicaner les mouettes qui nous disputaient le poisson du marché. Il était pas si tard dans le début de journée pourtant, 17, 18 heures maint'nant, elle en aurait trouvé. Mais elle voulut y aller quand même, me d'mandant si j'désirais qu'elle me dépose que'que part. J'allai à la f'nêtre et j'regardai en bas, vers là où toute l'aube de brume commença.

Dans mon coup d'œil, elle comprit, et sembla étonnée. « T'es sûr L'Orion ? Cet endroit t'a fait du mal. »

Mais oui, j'étais sûr d'vouloir aller voir mon œuvre dans l'crépuscule.

Soir d'hiver, au 7e gratte-ciel, on voyait l'ciel s'mettre à feu et à sang. À un chat noir, c'sont des choses qui parlent.

« Bon. Je t'y dépose, mais sois prudent. Sinon l'autre Tututu elle va m'faire la vie dure. »

Par le col la cigogne m'attrapa et m'posa en bas en quelques coups d'aile. Elle m'étreignit fort aussi, mais sans tututu, et partit. C'fut aussi la dernière fois que j'vis la cigogne des fontaines. Des fois on s'rendrait pas compte en les quittant qu'on r'verra jamais plus les gens à qui on tient. Parce qu'il leur prend d'partir, parce qu'y nous prend de regarder ailleurs, où ils ne sont plus. Et même avec un œil, j'peux vous dire qu'ça arrive…

Il arrive aussi qu'on s'découvre un pouvoir sur la vie ou le futur, un truc un peu magique en soi, et qui fait que tout à coup… mais là j'suis pas clair, n'est-ce pas ? Normal, j'suis un chat noir.

Ce pouvoir dont j'vous parle et qu'a fait qu'j'ai perdu l'écureuillette et la cigogne de vue pour de bon, j'l'ai découvert malgré moi en bas du 7e gratte-ciel. Là où m'était arrivé tout ça, là où cette nuit j'étais descendu gribouiller ma bouille de chat noir et ma devinette sur le mur.

La cigogne déjà s'éloignant dans les airs, j'ai zieuté autour de moi sur cette arrière-cour de l'enfer. Y'avait de nouveau cette forme humaine dans l'coin, dos à moi, silencieuse sauf le feu qui fumait.

Mon œuvre était pas loin sur l'mur, mais même si la silhouette m'inspirait pas confiance, même de c'que l'écureuillette avait dit qu'elle aurait pu m'faire cuire, j'voulais voir c'que ça donnait avec le recul du lendemain, dans l'crépuscule. Et c'est là qu'un grand choc me prit.

Autour de mon graffiti… autour, quelqu'un avait ajouté des figures. Autour de mon autoportrait d'chat noir, une cigogne aux longues ailes et grandes pattes, si réaliste ! Et sur son dos, un p'tit écureuil. Des yeux bleus, des yeux verts. Quelqu'un savait donc de ma p'tite existence ? Et m'avait vu dessiner cette nuit ? Aucune signature. Sauf…

Vous vous souvenez de ma devinette ?

Qu'est-ce qui est noir à la nuit, et qui fuit de sous ma patte comme l'obscurité dans une aube de brume ?

Eh bien… une réponse était marquée là, à la craie verte :

Du sens ?

Je lus et j'relus, je r'vis ce tableau encore et encore. J'm'en étourdis et… m'évanouis.

Dans l'instant, j'me réveillai, j'crois. C'était à n'y rien comprendre. À quelques centaines de mètres sous moi, le bruit des vagues dans une nuit argent. La terre non loin, mais moi ? Moi, j'étais dans… dans les airs ? J'lévitais à l'embouchure d'un fleuve gigantesque, il se jetait tout caressé du blanc d'la lune, dans une embouchure qui léchait les flancs d'une ville immense. Et je n'chute pas, non ! Chat retombe toujours sur ses pattes, c'est ça qu'on dit ? Moi-même pas b'soin. J'volais aussi bien qu'une cigogne. Mais cette ville c'était pas Lorient, cette ville c'était pas l'hiver. Où étais-j…

« Santa María de los Buenos Ayres ! Ay mi madre, gatito ! Qué haces aquí ?! »

… Fin linguiste, et ça d'puis une certaine aube, en toute humilité j'vous traduirai du papillon à ma langue de chat noir. *Santa María de los Buenos Ayres ! Mon Dieu, p'tit chat ! Que fais-tu ici ?* qu'on papillonnait en mots vers moi. Normal, vous m'auriez dit ? C'était un phalène.

Chapitre V

[...] a veces una rápida composición abstracta en dos colores,
un perfil de pájaro o dos figuras enlazadas.
Una sola vez escribiste una frase, con tiza negra:
À mí también me duele.

[...] parfois une rapide composition abstraite en deux couleurs,
un profil d'oiseau ou deux figures enlacées.
Une seule fois tu écrivis une phrase, avec de la craie noire :
À moi aussi, ça me fait mal.

Julio Cortázar

Le p'tit phalène m'attrapa d'par la griffe et m'traîna dans les airs comme un ballon d'baudruche. J'dis « le », mais c'était « la », j'le vis assez vite. Elle m'ramena au-dessus de la terre et puis pour d'bon au sol, en arrêtant pas avec ce drôle de langage. J'vous l'ai dit, j'comprends, mais vraiment, écoutez-la qui me disait *Cho me chamo*. J'vous traduis : *Yo me llamo* : *moi je m'appelle*, qu'elle m'dit avec plein de « ch » sortant d'tout partout d'son joli col blanc. Elle s'appelait *Falenatus*. El' m'demanda « Y vos ? » – *et toi ?* – et moi j'dis rien, puisque j'disais déjà rien en cigogne ou en écureuil. Mais elle parlait pas l'même papillon qu'les phalènes de Lorient, la Falenatus. Allez comprendre.

« De donde vienes, quien sos, gatito ? Podes decirme ! » (*D'où tu viens, qui es-tu p'tit chat ? Tu peux m'dire*)

D'où je viens, qui j'suis, que j'peux lui dire ? Eh… j'lui dis rien. « No entendes ? » *(Tu ne comprends pas ?)*

Non, si, j'comprenais, mais… tout à coup, j'sus pas pourquoi, je miaulai une fois.

J'crois qu'la dernière fois qu'j'avais fait un son, c'était dans l'aube de brume et puis… la Falenatus sembla attendrie.

Vienes de la Punta del Este[1]*? De más acha ?* (*Tu viens de la Pointe de l'Est ? De plus loin ?)... Más allá* ?

Nous nous trouvions sur une colonne penchée, suspendue au-d'ssus d'un pont. On aurait dit une femme qui danse. J'entendais toutes les voix humaines à des kilomètres et ce *ch*, *ch, ch* d'partout !

Yo… cho… yo… te quiero achudar -ayudar ?- gatito ! (*Je... veux t'aider, p'tit chat !)*

Et la voix de la Falenatus domina les autres en moi, elle m'apaisa. Je miaulai, encore. *Más acha…* à chat ? Je me perdis dans les traductions du monde… comment étais-je arrivé dans cette ville ?

---

[1] Uruguay.

Sos extraño Gatito qu'elle m'dit (*T'es bizarre p'tit chat)*. Bizarre de quoi ?

Pobre... con tu ojo. (Mon pauvre... avec ton œil.)

Oui, j'étais pauvre d'un œil, et ? La Falenatus me papillonna autour. Elle me chatouilla, m'caressa, m'déshabilla d'virevoltes...

Buenos Aires, Gatito, Buenos Aires !

De bons airs de quoi ? J'comprenais rien. La voix qui hurlait en moi s'était faite lointaine, les voix du monde d'ici m'étaient en fond maint'nant.

On aurait dit qu'les vrilles d'la Falenatus interféraient avec ce trop-plein. Était-elle magicienne ?

Peut-être aurait-elle pu m'faire apparaître une ombre...

No puedo, Gatito. Je n'peux pas, p'tit chat. Comment ça ? Elle entendait mes paroles ?

Oui Gatito, jé peux. Et tu parles chat noir ?

Sí, mainténant qué ché te connais.

Je n'comprenais rien. Je miaulais alors que j'voulais parler.

Cha lo sé, ya lo sé, je le sais bien qu'elle m'dit. *Pour ton ombre, jé connais quelqu'un. Là-bas. Más* acha (*allá)*. Elle m'montra la ville, loin là-bas. *El se chama El Maestro*[2]*, lui il s'appelle Le Maître*. Le maître de quoi ? *Des mots, des ombres. El Maestro, il peut voir un chat noir dans la nuit, même s'il a pas d'ombre. Te chevo (te llevo). J't'emmène*.

Et elle m'emm'na à nouveau par la griffe qui pissait l'fluide à tout va dans les airs, comme une pluie. La phalène m'voulait du bien. Pourquoi ?

---

[2] Surnom de Jorge Luis Borges, écrivain argentin (1899-1986).

Nous arrivâmes d'vant un boui-boui.

Un renard nous vit atterrir et bondit joyeux, à la vue d'Falenatus j'crois. D'la gueule il chaparda une rose et vint l'offrir à ma bienfaitrice.

« No Antoine, j'ai pas le temps. J'dois m'occuper de ese principito *(de ce petit prince)* tout noir. Mira *(regarde)* il a plus d'ombre. »

Le renard m'regarda avec jalousie. Moi j'avais rien d'mandé, j'apparaissais dans cette ville sans savoir comment et… le renard nous conduisit quand même à l'intérieur. Nous quittions l'avenue dite *Les courants*[3] pour entrer au café boui-boui. Ça s'app'lait *La poesía*. J'voyais pas comment la phalène voulait m'rendre mon ombre avec ça. Mais j'la suivis. Parce que j'l'aimais bien déjà, j'crois.

Y'avait des tas d'boîtes sur des étagères, avec des graffitis d'chats dessus, et d'la brume, et des plumes dessinées de tout partout. Les battements d'ailes d'la Falenatus dissipaient la fumée, ouvrant le ch'min. Elle me revirevolta autour et m'arrêta.

« Marelle, Gatito ! Va jouer là ! »

Va jouer là » ?

« Non non, pas "va jouer là" : ra-chue-la. »

Rat… chou… et… là ? J'comprenais rien.

« Gatito, por Dios ! Ra-yue-la. » (*P'tit chat, pour l'amour de Dieu, Ma-rel-le*)

Rayuela ? Marelle ?

« Sí ! Oui ! Tu sais plus parler, et El Maestro il sait plus voir avec les yeux. Mais il voit más acha *(más allá, au-delà)* quand même. Alors pour lui parler, lui dire que tu es

---

[3] Avenida Corrientes.

là, il faut qu'tu sautes, dans la Rayuela *(marelle)*. Anda *(vas-y)* ! »

Faire clopiner un éclopé dans de petites cases ? On aura tout vu. Mais j'voulais savoir pour mon ombre, alors si au bout d'la marelle *El Maestro* y pouvait m'aider… je sautai.

1, 2, 3 ! 2, 3, 1 ! J'me récitais des *Tututu* d'écureuillette dans la tête pour trouver le rythme. La phalène me suivit d'au-d'ssus. 3, 2, 1… Marelle !

Et m'voilà d'vant un vieux chat tout gris et rabougri, enroulé allongé, qui regardait au-d'ssus d'moi. Enfin, un aveugle ça r'garde pas, mais vous m'pardonnerez, moi aussi j'suis un estropié.

Falenatus passa entre les deux oreilles du matou mité.

« Tu viens pour ton ombre, chat noir, qu'y m'dit. Pourquoi la cherches-tu ? »

J'dis rien. J'en savais rien. C'était une part de moi sûrement. « Alors elle reviendra, ou elle repoussera » qu'il ajouta.

Mais qu'est-ce que c'était qu'cette ville où qu'on entendait dans ma tête ?

« Être aveugle ne veut pas dire ne plus voir, jeune chat. Être aveugle, c'est voir différemment. *L'essentiel est invisible pour les yeux*[4]. Más acha (más allá, au-delà) en toi, je peux voir… »

La voix hurla en moi à nouveau. Pas la phalène, pas les voix d'Buenos Aires, pas *El Maestro*. La voix ! Ce hurlement… était terrible. Ça m'en fit m'affaisser.

« Je l'entends aussi, jeune chat. Pourquoi cherches-tu ton ombre ? »

---

[4] Antoine de Saint-Exupéry.

Ce cri ! Cette rage ! Puis aiguë, une voix sans mot. Je…

« Gatito ? » La phalène me virevolta dessus, mais rien n'y fit… je… « Gatito ! Gatito ! » J'm'évanouis.

Lorient. De nuit ? Le froid ? L'hiver ? Retour. L'arrière-cour de l'aube embrumée, où tout commença. Déserte, sauf… déserte sauf la silhouette au coin, de dos, avec son feu. Mais… le mur ! Mon autoportrait… n'était plus seul. À la craie, en d'autres couleurs : l'écureuillette était là ! En graffiti. Sur l'dos d'la cigogne, qui m'enrobait d'son vol. Je voulus r'monter les voir, elles devaient être inquiè… que… non. Y avait ce p'tit texte en bas.

L'Orion,

Nous partons. Le Jour ici nous est devenu trop insupportable depuis que tu es parti sans rien dire. On sait, tu ne disais rien. Mais pourquoi es-tu parti ? Pourquoi nous as-tu dessinés sur ce mur, tous les trois ? Était-ce ton adieu ?

Nous partons. Il n'y avait peut-être pas de place pour nous entre toi et ton ombre, absente. Sache-le quand même : avec ou sans ombre, tu étais notre trésor. Mais nous faisons une croix sur toi, et partons, loin, loin sur la carte.

Si cela peut t'aider, j'ai souvent entendu dire que les ombres, ça se cache dans les puits. Il y avait cette légende qui parle d'un ogre et... enfin.

Un lointain mien aïeul nommé La Buse disait avoir laissé son trésor sur l'île Bourbon. Peut-être nous consolera-t-il de toi, que nous avons perdu sans trop savoir comment. On t'aurait aimé, et tu le savais[5]*. On t'aura aimé. Souviens-toi de nous.*

Ta cigogne
Et
Tutututu…

J'vous l'avais dit : jamais r'vu la cigogne et l'écureuillette. Une grande tristesse s'écrivait en moi à mesure que j'lisais et relisais leurs mots.

Mais leurs portraits dessinés à la craie m'intriguaient, aussi. Qui ? D'la patte de qui leurs graffitis étaient-ils sortis ? Personne pour l'dire, même pas la silhouette dans son coin.

Cependant, j'me mis à vaciller une fois encore. Vous vous souv'nez de ma devinette ?

Qu'est-ce qui est noir à la nuit, et qui fuit de sous ma patte comme l'obscurité dans une aube de brume ?

Et cette réponse à la craie verte :

Du sens ? qu'j'avais laissée sans solution.

Quelqu'un… quelqu'un y avait mis d'autres questions. J'eus à peine le temps d'les lire avant d'être ram'né à… *Gatito* ? *Gatito* ! Tu es révénu ! … j'eus l'temps d'm'en souvenir :

Poésie ? Ou désir ? Ou…

Non, je n'me souv'nais plus.

« Gatito ! Cho… jé croyais qué tu étais parti pour toujours ! »

---

[5] *Ô toi que j'eusse aimée, ô toi qui le savais !* C.Baudelaire, à une passante.

Chapitre VI

Se vou escrever muito a escrever
Se vou esquecer muito a esquecer
Até dia que vou voltar
Sodade, sodade

Si tu m'écris, je t'écrirai
Si tu m'oublies, je t'oublierai
Jusqu'au jour de ton retour
Mélancolie, mélancolie

Armando Zeferino Soares

« Gatito ! Vos *(toi*), de retour ! Gracias a dios ! (*Merci mon Dieu*) *El* Maestro il a dit qué... tu avais un étrange pouvoir. Quand tu as disparu devant nous, il a expliqué. Tu peux voler, c'est ça ? Et disparaître. Moi, jé né peux que voler… et attendre de te voir disparaître. »

J'regardai alentour, nous étions sur du béton. Falenatus poursuivit dans mon esprit même.

Oui. En hauteur, mais es un arbol (c'est un arbre). C'est un arbre du savoir, pour les humains. Una biblioteca dé brutalisme[6]*! Les humains, ils sont violents, ils veulent savoir, comprendre. Mais El Maestro il a dit, quand tu es parti, qué voir ou savoir, a veces (parfois) c'est inutile. Tu sais ? Il a dit que les chats comme lui savent. Aveugle ou borgne, un chat ça voit dans la nuit. Et que le savoir c'est pas utile alors. Il faut avoir la poésie. Il a dit qué la poésie c'est pareil qué les yeux des chats, c'est voir dans la nuit.*

J'regardai la Falenatus me raconter sous la Lune de cette ville qu'elle m'dit être *Santa María de los Buenos Ayres*. Un arbre de pierre…

Oui, un arbre de pierre ! Très très bon abri pour vos y yo (toi et moi), pendant le Jour. C'est l'abri contre les gens du Jour : lé livres, la nuit.

Ma phalène m'entendait toujours penser, et me dire qu'mon ombre, si j'pouvais voir dans la nuit, j'aurais bien aimé savoir…

... Gatito ! à quoi ça sert une ombre dans la nuit ? Même ! Un chasseur sans ombre c'est plus discret, tu crois pas... L'Orion ? Oui, jé lis tes pensées. Abandonne ton ombre, Gatito L'Orion. Aime-moi.

Oui, mais c'était pas si simple. Elle pouvait entendre, mais le cri en moi… au Jour il reviendrait.

Ya lo sé (je le sais bien) Gatito L'Orion. Mais oublie l'ombre, on dormira lé Jour. Les gens du Jour c'est pas pour nous. Y s'obligent tous les uns les autres, et ils veulent nous obliger aussi.

Nous obliger à quoi ?

---

[6] Brutalismo, brutalisme : courant architectural du XXe siècle.

À nous sentir obligés.

C'était vrai que le Jour, j'avais toujours senti cette… pesanteur. Mais de n'avoir plus d'ombre, peut-être ?

On pourrait aller dans les cafés, Gatito. Les cafés sont des lieux accueillants pour les chats. Tout lé monde sait ça.

De jour en… de nuit en nuit, nous allions la Falenatus et moi, de cafés en étreintes. Elle m'virevoltait dessus, elle voulait qu'nos corps… mais moi j'étais jamais rassasié d'la nuit, et du désir de trouver mon ombre.

Alors quand la nuit de Buenos Aires s'en allait, que la phalène s'endormait à son arbre de pierre, j'allais chercher la nuit avant la suivante d'ici. Comment ? Comme elle l'avait dit, et comme j'vous l'ai déjà fait entrevoir : je n'volais pas, pas seulement. Je n'disparaissais pas, non. J'apparaissais où bon m'semblait, dans tous les lieux où la voix hurlait moins en moi, dans tous les lieux où j'avais espoir de tomber moustache à moustache avec mon ombre.

Partout sur Terre, j'allais, mais surtout aux villes d'embouchures, près d'là où mon ombre avait disparu. Toutefois… à un crépuscule, de r'tour à Buenos Aires, même si j'avais beau prendre soin de n'pas y songer avec elle, la phalène s'aperçut d'mes virées nocturnes au détour d'une pensée que j'eus maladroitement. Elle s'énerva, beaucoup.

Elle se sentit trahie, dit-elle, d'ma quête absurde. Sans parler toujours, j'lui montrai la lune et sa part sombre, qui apparaissait dans la complétude du croissant.

Et quoi ? qu'elle m'dit. *Tu crois qué tu es pas complet parce que tu as pas d'ombre ?*

La voix en moi s'mit à hurler de nouveau. J'l'interprétai d'une seule manière : que l'atmosphère protectrice d'mes amours avec Falenatus s'effondrait. Elle le dit d'ailleurs.

Vete ! (va-t'en !) Avec ton œil mauvais ! Va-t'en, Gatito. Jé né veux plus té voir…

Elle m'renvoya comme un chaton qu'l'on punit. Alors j'partis errer, loin d'l'œil rond et mauve dans ce crépuscule, loin d'Buenos Aires. Puisque j'en avais l'étrange pouvoir ! Même si maintenant, j'étais seul à nouveau.

Comme tout le monde le fait quand on l'renvoie à sa solitude, j'm'en retournai à Lorient, au connu, au possible d'une revoyure de celles qui m'aimèrent, même si j'les savais sur une île dont j'connaissais pas l'chemin. Y'avait aussi que d'vant ce mur, la voix en dedans était moins brutale, elle avait une architecture plus… comme un chant.

C'était la nuit, ça sentait le début de printemps. Logique alors qu'dans l'autre hémisphère, Buenos Aires m'ait fané comme un automne.

J'dirais pas qu'j'avais d'la mélancolie, mais j'dirais pas qu'j'en avais pas non plus. Mon ombre, j'l'aurais bien volontiers oubliée comme me disait d'le faire la Falenatus. Mais qui vit sans une part de soi ? Qui vit sans une part de soi déçoit sa vie. Et oui.

Le p'tit feu éclairait l'angle et le mur, la silhouette de dos était absente. Enfin… de dos ! Me tournant le dos comme dans les derniers instants d'Buenos Aires, un p'tit phalène avait été dessiné sur l'mur, à la craie blanche et dans des contours jaunes ! Comment *cet autre* pouvait-il…

savoir ? La Falenatus disait qu'il n'fallait pas savoir, mais voir avec des yeux d'chat dans la nuit.

Vous vous souv'nez *El Maestro*, la poésie ? Vous vous souv'nez aussi, ma d'vinette ?

Qu'est-ce qui est noir à la nuit, et qui fuit de sous ma patte comme l'obscurité dans une aube de brume ?

Les suggestions qu'*l'autre* écrivit au mur ? ça avait recommencé. Mais c'te fois, c'étaient pas des questions. C'étaient des affirmations, des déclarations… des vers ?

Toi qui viens devant ce mur
Toi qui viens souvent, sais-tu ?
Qu'à chat tôt ou tard on en aura fini, de jouer
De jouer à la Rayuela[7]*, sais-tu ?*
Qu'à chat, tôt ou tard derrière ce mur
D'un regard je voudrais te voir entrer
En mon château, d'un regard ou d'une griffe bien ancrée

Au fond d'moi on fredonnait et 'pis, soudain, j'frissonnai en voyant trois points en suspension… non ! Trois yeux ! Suspendus. Trois yeux verts. Et au bout d'eux, d'la même craie, y'avait marqué :

Je voudrais t'écrire de la poésie.

Estomaqué de c'qu'on savait tout d'moi, et qu'même on m'voyait p't-être, j'décidai d'monter la garde à la f'nêtre du 7e gratte-ciel déserté.

---

[7] Marelle.

Au Jour, je siestais beaucoup et y'avait personne, à part cette forme humaine dans l'coin avec son feu, et les va-et-vient des trop d'gens du Jour.

Non, personne n'aurait joué d'la craie en plein Jour. C'est à la nuit que j'guettais, furtif, attentif, la griffe dégoulinante de sang d'lune.

Une, deux, trois… j'comptais plus les marelles de jours et d'nuits, mais personne ne vint, aucun dessin n'revint s'ajouter au mur. *Voir* ou *savoir*, hein ?

Le *Maestro* se s'rait frisé les moustaches d'avoir p't-être bien raison : rien n'sert de savoir. Même si la voix en-d'dans m'restait lointaine comme un p'tit chant, j'décidai d'aller ailleurs, voir, chercher, mon ombre, quitte à risquer qu'elle s'remette à hurler.

Et bien sûr, c'est c'qui arriva des fois, comme près d'une arche en pierre sur une côte, qu'une mouette me dit « sauvage ». Puis elle réalisa qu'elle parlait à un chat qui volait au-d'ssus du large, et partit apeurée dans un rire dément.

Sûr'ment qu'elle s'attendait pas à un prédateur perché là-haut. Mais moi j'en voulais pas à une des plumes de son rire volatile, j'cherchais encore que mon ombre.

Dans ce p'tit port avec un très vieux grand mur, c'fut pareil, le cri, horrible, comme si j'avais déserté celui ou celle qui l'poussait en moi. Pas d'graffiti par ici, j'décampai direction l'grand Ouest.

Dans un port en haut d'une longue baie, qu'la lune allumait comme une torche, comme ma patte, un dauphin s'jouait d'la rivalité des vagues.

Alors comme j'le pensais pas trop occupé et qu'la voix s'calmait dans cette ville d'embouchure, j'lui d'mandai s'il avait pas vu passer mon ombre. Lui, il eut pas l'air étonné d'un chat noir dans les airs

« … Parce que j'ai vu des tas d'poissons à moustache » qu'il me dit. « Et pour ton ombre, si. »

Si ? Vraiment ?

« Si si, p't-être ben. J'ai vu plein d'ombres au fond d'l'eau dans une ville pas loin. Y'a p't-être la tienne dans l'lot. Cela dit, j'sais pas si un chat ça veut s'mouiller ».

Moi, j'étais prêt à tout.

Arrivé au-d'ssus d'cette petite ville, au survol j'me rendis compte que l'embouchure en avait été… bétonnée. De d'ssus la voix qui maint'nant chantait harmonieusement, d'en bas j'entendis une *poule, ravie d'pouvoir* [8] m'aiguiller dans l'ciel. Elle m'dit d'aller par les rues, puisque qu'c'était plein d'ombres sur les murs. La griffe avide de r'mettre la patte sur mon ombre, j'filai, mais j'fus déçu de n'trouver qu'des demi-humaines figées dans les flous. La voix chantait pourtant… paisible comme au mur de Lorient.

Mais j'eus beau chercher au fond, j'sus pas c'que la voix serinait et si j'vis en effet plein d'ombres au port, hurlant « Là ! Là ! Là ! LA VOILÀ ! Sirène ! » j'vis pas la mienne et r'partis un peu défait, pour Lorient.

Et là vous m'croirez, pour sûr. Le mur avait été gribouillé à nouveau.

Que fallait-il y voir, ou n'pas y voir (aurait dit *El Maestro*) dans c'manège-là ? Tout près, quand j'restais

---

[8] Pouldavid, ancienne anse de Douarnenez, désormais comblée et construite.

tout près du mur et d'Lorient avec ma patte follement rutilante : rien, pas une craie sur les parois. Et quand j'partais comme là d'partout dans l'Ouest : de nouvelles chaleurs de ces teintes inconnues. J'aimais sentir c'te chaleur dans l'œil, et presque dans l'museau. Mon œil s'en sentait moins seul.

Cela dit, les nouveaux mots et motifs s'faisaient plus inquiétants. On avait dessiné une chose noire vêtue d'une robe jaune, et au bout des doigts d'une main sortie d'elle, elle tenait l'un des trois p'tits yeux verts en suspension. Et les mots de l'autre fois avaient été quadrillés.

Poésie… Ou désir… et complétés avec tout ça ! Dans d'la craie mauve, bleu nuit.

Ou des îles… Amour… Ou désigne… La mer… Ou des signes… La Mort ?

Nom d'un phalène de madre de Dios de Santa María de los Buenos Ayres ! ça m'mit l'poil ! Et encore c'fût rien en comparaison du gravier qu'j'entendis crisser depuis la silhouette du coin, et la voix qui s'mit à miauler en moi comme un matin d'brume.

J'pris la peur et j'décampai, à la première embouchure qui m'vint.

Chapitre VII

I thought I saw you in the Rusty Hook
[...] She was close, and she held me very tightly
'Til I asked awfully politely
Please, can I call you her name?
[...] She was close, well, you couldn't get much closer

Je pensais t'avoir vu au Crochet rouillé
[...] Elle était proche, et elle me tenait si près d'elle.
Jusqu'à ce que je lui demande terriblement poliment
S'il te plaît, est-ce que je peux t'appeler par son prénom ?
[...] Elle était proche, même, on ne pouvait pas être plus proches

Alex Turner

Dans la précipitation d'la fuite, j'atterris d'un mouvement d'tornade sur la lèvre inférieure d'une rivière. Mais chat qui tombe se casse pas les pattes, surtout quand il s'en est d'jà cassé, surtout quand il a pas d'ombre. 'Pis d'ma dégringolade de tout au-d'ssus d'cette rive Sud, y m'vint un p'tit oiseau à qui dans l'roulis d'l'air d'ma chute, j'vis des yeux bleus. Si purs qu'on les aurait dit dessinés, à la craie sûrement.

Ma chute s'poursuivait, mais j'avais pas peur, ça j'avais d'jà eu à l'instant en entendant l'gravier crisser à Lorient. Et le p'tit oiseau m'suivait dans la descente avec un r'gard amusé. P't-être qu'y croyait qu'je jouais, alors y voulait jouer aussi. Mais c'est sérieux, d'chercher son ombre ! Juste avant l'sol, j'aurais pu arrêter ma vrille, mais c'fût lui qui du bout d'la patte m'attrapa, par la peau du cou. Ses p'tits yeux bleus m'regardèrent dans la lune, dans la nuit, d'au-d'ssus. J'les vis féminins, j'en sentis la chaleur, j'la perçus presque d'mes sens, de ce truc animal. Normal, vous m'direz ?

Elle s'mit à parler, et p't-être bien qu'elle avait son ombre, la p'tite oiseau, mais ça s'voyait qu'elle bafouillait un peu sa vie aussi, comme quand on erre dans une recherche. Alors à la recherche d'une… moi, vous savez déjà l'effet. Elle, p'tite oiseau, à la recherche de… « de moi-même, p'tit p'tit chat noir ! Et tu penses tout haut, j'te f'rais di-dire. D'ailleurs qu'est-ce que tu f'sais là-haut dans les airs d'la baie-baie, d'la Beg [9]? ».

La Beg ? J'répondis rien de d'ssous mes moustaches, mais faut croire qu'elle avait l'même pouvoir qu'Falenatus.

« Oui oui p'tit p'tit chat noir, c'est comme ça qu'y disent la pointe ici les humains. »

T'es sûre p'tite oiseau, qu'c'est pas quand ils t'entendent pépier ?

---

[9] Breton : pointe, bec, bouche.

« Dis-dis donc, p'tit p'tit chat noir, à chacun ses problèmes ! Toi tu-tu t'cherches ton ombre, moi j'cherche mes mots. Ici c'est la Beg [10] et-et, p'tit p'tit chat noir, on va pas s'faire la guerre. »

Oh, mais moi j'cherche pas la ba… bagarre, juste…

« … Ton ombre ça va j'ai compris-pris ! »

Moi aussi j'm'y-m'y mettais, ça en s'rait dev'nu contagieux !

« Non ce s'rait bizarre que t'aies été piqué d'la grippe des oiseaux d'ici-ci. T'es un chat-chat noir. Enfin… tu-tu… voles ». Qu'elle commença pas à m'faire tututu, la p'tite oiseau, j'l'en aurais prise pour une écureuillette…

« Hein ? Qu'est-ce tu diiis… ? » Elle éternua.

Bon, j'allais pas m'éterniser là à la lèvre inférieure de c'te rivière. Si j'étais v'nu d'instinct par ici, c'est qu'on m'avait parlé de sept îles où des fois c'est-il possible qu'pas loin d'cette embouchure, j'aurions pu r'trouver mon ombre.

« Dis-dis donc L'Orion, tu-tu voudrais déjà filer d'ma Beg ? Déjà les îles elles sont plus-plus au Nord et pi-et pi j'ai pas vu d'ombre là-haut, sauf la grande et gluante noire de la mer. Mais c'est-c'était plus qu'une vilaine lé-légende du passé. »

La voix en moi n'disait rien et moi j'me taisais aussi en pensée. La p'tite oiseau ajouta « t'as une be-belle bouille p'tit-p'tit chat, malgré ta tête de cy-cyclope ».

Le mot m'ram'na d'office à Buenos Aires quand aux premières virevoltes, au premier baiser, Falenatus avait eu

---

[10] Beg Léguer, Côtes-d'Armor.

l'air comme possédée au moment d's'approcher d'moi façon.

Toco tu boca... voy dibujándola como si saliera de mi... y te dibuja en la cara, una boca elegida entre todas, con soberana libertad elegida por mí... Me miras, de cerca me miras, cada vez más de cerca y entonces jugamos al cíclope [11].

Oui pardon, en phalène de c'côté d'l'océan, ses paroles de possédée ça se s'rait dit « Je touche ta bouche… je vais, la dessinant comme si elle sortait de… et te dessine sur le visage, une bouche choisie entre toutes, d'une souveraine liberté choisie par moi… Tu me regardes, de près tu me regardes, toujours de plus près et alors nous jouons au cyclope ». Voyez ?

Bon, p'tite-p'tite oiseau… si elle arrêtait donc un peu d'me faire une re-redite ? J'l'emmenai dans ma magie d'virevoltes instantanées jusqu'en face des sept îles. Mais rien. La voix en moi n'dit rien, pas d'chant, pas d'ombre à l'horizon.

On alla alors à une autre plage qu'la p'tite-p'tite oiseau pensait pouvoir… moi j'savais qu'elle y s'rait pas, mon ombre, mais j'étais content d'la suivre la p'tite oiseau. C'était une plage à la lèvre Nord d'la rivière. Vous m'suivez ?

L'embouchure était juste là : la bouche était complète. Alors dans une p'tite-p'tite éclaircie d'lune aux nuages, la p'tite oiseau m'embrassa du bout du bec.

---

[11] Rayuela/Marelle, Julio Cortázar, Capítulo Siete, chapitre sept.

'Pis j'me volatilisai, car voilà trop comment attiser l'attachement. Et voilà p'tit vo-volatile aux yeux bleus, à une autre pointe de bec un d'ces jours ?

Y'a aussi qu'en fait… Bon. Déjà j'refis un saut à Lorient, juste pour voir. Y a aussi qu'en fait, c'est comme si de plus en plus les nuits, quand ma patte fuyait dans d'infinies traînées d'fluide rouge ou noir, j'me mettais à sentir les chaleurs, les chaleurs des corps. Allez savoir, même qu'des fois quand la voix s'y mettait à hurler en moi, j'aurais senti comme du feu, au-dedans, au-dehors. Avec la lune là-haut qu'avait toujours l'air de rire, toujours l'air de m'dire à feu et à sang, d'argent.

Et pis *Santa María de los Buenos Ayres* ! comme dirait celle-là qui capitula ces temps d'avant… sur le mur !

Plus je partais et plus les graffitis s'agençaient sous les rayons d'la lune. Des graffitis, nouveaux. Pourtant moi j'répondais jamais rien du bout d'ma griffe ! J'aurais eu l'fluide pour barioler c'qu'y faut pourtant, mais à quoi bon ? À qui aurais-je fait des dessins, à qui aurais-je écrit des mots ? J'n'en savais rien et mon p'tit œil de poésie dans la nuit… non plus…

Sur l'mur ? Une patte avait été dessinée, et pas n'importe laquelle, vous vous imaginez. La griffe proéminente et rougie comme un croissant rouillé, le poil noir, mais… mais d'une nuance, d'une luisance. Et dès que j'm'en aperçus, la chaleur commença d'monter à mon p'tit membre d'éclopé. Ça m'brûlait, j'avais jamais su c'que c'était cette brûlure.

La lune se voila. La lune se dévoila. La lune me dévoila : au mur, sous le dessin de ma patte, ces mots qui n'y étaient pas la seconde d'avant !

À mí también me duele[12]

À moi aussi ça m'fait mal ? Toi ? Qui, toi ? Qui étais-tu ? Et l'sang d'ssous la patte dessinée s'mit à dégouliner, dégouliner, de d'ssous la griffe. Vert ! Une longue ligne verte ! Que la brise dissipait, dont la braise de craie s'effilochait comme une poudre de temps. En moi le hurlement autant qu'la brûlure me d'vinrent insupportables ! Atroces… à trop saigner sûrement, j'm'évanouis comme au premier jour.

Alors après, allez savoir ! Pourquoi qu'j'me réveille ici ou pourquoi qu'j'me réveille là ? La voix en moi m'est d'jà impénétrable alors j'vais pas pouvoir vous dire pour celles du sommeil…

Le hurlement s'était calmé, mais ma patte… J'la mis sous mon museau sans non plus m'mettre tout l'sang sur l'pelage, et ça sentait la chair brûlée. Le p'tit triangle y l'était toujours noir, mais chaud !

J'eus pas trop l'temps d'chercher à comprendre parce que deux humains m'passèrent le long, comme si qu'j'avais fait partie du mur, sans m'voir dans la nuit. Cela dit j'me mis sur mes gardes, mais non : ceux-là y z'étaient p't-être pas des gens du jour, mais d'la nuit. Ouf.

Un mâle, une femelle. Enfin, dans leur langage on dit *un homme, une femme* j'crois bien, et ceux-là y s'tenaient

---

[12] Julio Cortázar.

la patte. Ils avaient l'air pressé ! Mais doux, s'écoutant des yeux. Ça doit être agréable, d'être écouté des yeux. Comme de voir avec ses oreilles.

Dans leur dos j'me rel'vai et pris l'même axe qu'eux. Nom d'un phalène argentin ! Derrière eux, ils laissaient une trace verte ! 'Pis j'compris qu'non, y marchaient juste dessus tout comme moi. Quand même c'était trop gros pour pas les suivre, ces deux-là qui m'montraient la voie de c'te même couleur que l'mur de Lorient. Elle me plaisait leur tendresse, même le pas pressé. J'l'aurais voulue, cette tendresse.

J'les suivis comme ça un moment, y f'sait noir, mais il était pas bien tard alors y'avait encore des gens du jour qui s'agitaient et 'pis des moteurs qui miaulaient. Mais bon. Tant qu'y'avait pas l'cri en moi, ça allait : j'avais appris à supporter, surtout avec c'qu'y faut d'obscurité pour qu'un chat noir puisse se fondre dans les pas d'deux humains à la ligne verte.

Tout'fois y'avait quand même toutes ces lumières en haut des grandes tiges en métal, et ça m'faisait m'sentir à découvert. En fait, pire que ça. Moi j'suivais les deux humains, mais… j'commençai à croire qu'on m'suivait aussi. C'était lointain parfois, mais c'est comme si j'percevais du mouvement. À chaque fois que j'me r'tournais, ça s'arrêtait ou du moins : y'avait rien. Que j'croyais...

Les deux humains firent halte d'vant un café et, inattentif, car poursuivi, j'faillis m'approcher d'trop. J'me souvins de c'qu'avait dit Falenatus sur les cafés, que c'étaient des lieux bons pour les chats. Et 'cui-là forcément, non ? Y s'app'lait *Le chat noir*.

La femme se r'tourna et me montra du doigt en disant « t'as vu ? On dirait qu'il nous suit ». L'homme « il veut entrer p't-être ». Il va s'faire marcher d'ssus, qu'elle a dit, et là-d'ssus y sont entrés dans l'brouhaha d'une première salle pleine à craquer d'humains d'la nuit. Une allumette là-d'dans et ça aurait fait des étincelles ! Ben ouais, j'sais c'que ça veut dire *craquer une allumette*, p'isque j'sais tout d'puis l'aube de brume. Enfin, j'vous dis ça, car j'crus entendre le mâle appeler la femme comme ça : *Chispa*[13].

J'fus étonné d'l'entendre parler argentin d'ce côté-là d'l'Atlantique ! Mais plus encore de m'prendre la porte sur le museau ! Comme si j'avais pas d'jà assez la gueule cassée !

J'me sentis un peu délaissé, j'dois avouer, car à les suivre j'avais encore senti d'la chaleur. Même si ça m'la coupa net, j'les suivis de l'œil au travers des carreaux, par la ruelle d'à côté. Dans une salle au fond, j'les vis s'asseoir très vite et 'pis avec plein d'autres dont un debout qui m'tournait l'dos, à faire un drôle de manège. Et à propos d'tourner l'dos…

Y faut jamais tourner l'dos à la rue, sinon… elle vous rattrape. Alors j'me sentis effleuré tout à coup, et ça sentait la lune ! et son feu ! et le sang ! Ma patte chauffa, la voix en moi s'mit à m'causer dans des mots que j'comprenais pas. Qu'est-ce qu'c'étaient qu'tous ces signes ?

---

[13] Étincelle (Esp.)

J'eus l'impression d'être attiré dans la pénombre d'la ruelle, agrippé ! et j'dégringolai du r'bord d'la f'nêtre ! Qu'est-ce que…

Chapitre VIII

Porque es entonces cuando las horas
Bajan, el día es vidrio sin sol
Bajan, la noche te oculta la voz
[...]
Cuando en tus ojos no importa si las horas
Bajan, el día se sienta a morir
Bajan, la noche se nubla sin fin
Y además vos sos el sol
Despacio también podés ser la luna »

« Parce que c'est alors, quand les heures
Descendent, le jour est vitre sans soleil
Descendent, la nuit te cache la voix
[...]
Quand dans tes yeux, il n'importe pas que les heures
Descendent, que le jour se sente de mourir
Descendent, que la nuit se couvre sans fin
Et avec ça, tu es le soleil
Doucement, tu peux aussi être la lune

Luis Alberto Spinetta

Un chat noir dans la nuit, ah ça non, on n'y prête pas attention ! Pourtant il est bien là, tapi comme une ombre. J'croyais qu'avec ça on m'suivrait pas, mais à m'sentir agrippé et rouler bouler avec je sais pas quoi, y'a comme quelqu'un ou quelque chose qui voudrait m'prouver l'contraire. J'viens même de prendre un coup dans l'œil, j'y vois plus rien ! C'est la nuit, la vraie. J'aurais bien b'soin qu'y miaule, *El Maestro*, et 'pis aussi avec la voix d'dans moi qui parle si fort, et 'pis j'sens la chaleur : elle monte au bout d'ma patte.

Je lutte. J'domine pas, mais j'suis pas maîtrisé non plus, y'a combat. Enfin. Cette chose ne cherche pas à m'faire de mal. D'accord j'ai pris un coup dans l'œil, mais… et si *El Maestro* avait raison ? Que pour voir mon ombre, il fallait que je m'aveugle ? À forces égales on est, et puis cette vigueur… ma patte doit badigeonner cette forme. Est-ce palpable, une ombre ? Je n'me souviens même plus ! Mais là… j'ai envie d'y croire.

Si vous saviez, c'qui s'réveille en moi. En face, y'a pas un mot, juste des mouvements. Je distingue un peu, mon œil du moins. C'est brouillé toujours, mais j'vois des contours. On lutte ! On dirait bien une ombre. Elle imite chacun d'mes mouvements, elle réplique j'réponds, j'me répands, j'repique, elle attaque à nouveau !

J'pourrais presque dire que nous sommes trop similaires, mais… je la désire.

Ma griffe brûle et la voix hulule comme un truc imminent. Suis-je en train de… me fondre dans mon ombre, et elle en moi ? Cette texture ! Ce poil !

Cet instant est un château d'cartes, je n'veux pas l'voir finir, s'écrouler. Je l'ai cherchée tellement, partout ! Te voilà, mon ombre !

Et je t'aimante… tu m'acceptes en toi, tu me désires, aussi ? Je sens tout le mimétisme que j't'inspire ! Et tu es si silencieuse. Tu t'ennuierais ou te dirais perdue, que j'y croirais. Mais je sens ton désir, d'ombre pour un corps ! Ton sang imite mon sang et… et… mon œil voit plus distinctement. Mon désir s'en intimiderait, mais… un chat noir dans la nuit, ah ça non… nos mouvements s'répondent d'encore un peu, nos sangs s'répandent, nos… mais… elle n'est pas mon ombre, n'est-ce pas ?

Je sens mon animalité pourtant, sauvage comme le désir. Qu'est-ce qui s'rait normal, pour un chat noir ?

L'édifice de mon espoir retombe, notre château d'corps s'effrite. Elle me regarde. La voix s'alourdit au-dedans. Nos mouvements n'se répondent plus, nos formes s'distendent, s'distancient. Elle se retourne, regarde au sol près d'moi, dans la lumière au carreau. Elle aurait un visage humain, elle sourirait, alors elle le fait des yeux. Deux yeux verts, gris… blancs ? Je n'sais pas c'qu'elle fait de miroir à la lune. En tout cas, son poil prendrait des reflets argent. Elle a l'air intacte, elle. Mais si elle s'est fondue en moi, en nous à l'instant, c'est qu'elle a dû s'accorder à l'écho d'mes balafres, non ? Dans l'creux d'mes failles comme ma griffe follement caressante y'a quelques s'condes à son pelage, dans l'creux comme le croissant qui s'y glisse.

J'crois sans m'tromper qu'c'est une chatte, presqu'aussi noire que moi. Je n'parle pas, elle non plus.

Mes yeux lui d'mandent son nom. Ses yeux me comprennent, j'dirais. Mais pas d'réponse autre que ses lueurs.

J'nous regarde, couverts de sang. Ça nous fait des reflets dans l'obscurité atténuée. J'lui demande, des yeux, si j'peux l'appeler *mon ombre*. Y a d'ces instants qu'on s'dirait *pierre angulaire*. L'attente dans ses yeux verts me s'rait d'ceux-là. Ses yeux se suspendent dans les miens. Y semblent brûler, tout chauds comme ma patte, comme nos corps à l'instant.

Nous étions face à face, elle rompt cet effet d'miroir : elle revient, et m'longe, et m'effleure, et tourne ainsi le long d'moi. Combien d'fois ? Est-ce un rituel ? Est-ce une coutume féline ? J'en connais pas, j'ai pas les codes.

Elle se colle, si près. Ma voix susurre en d'dans, la brûlure s'répand du triangle noir à bien au-d'là d'ma patte. Et ça monte en moi. Est-ce l'effet d'un sort qu'elle m'fait ? Je vibre, elle aussi. Elle vrille au corps à corps au long d'moi. Nos sangs noirs et séchés ripent, la freinent. Essaie-t-elle de pallier mon absence d'une ombre ? Elle semble se prendre au piège elle-même alors, car sa présence auprès d'la mienne paraît n'plus pouvoir s'arrêter !

Puis je bouge d'un peu, une patte, du feu au bout d'la patte. De c't'étincelle j'voudrais faire une flamme. Faire de nous deux ombres, des vraies, puis nous confondre en un seul foyer, une seule incandescence.

J'entends en moi, cette pensée qui m'dit *et la quête de ton ombre alors ?* et la voix pas loin. Mais je n'veux écouter que *ma* pensée, à moi. Et elle me dit de ce corps qui s'prolonge, qui nous prolonge un genre… d'étreinte.

Soudain ! Une forme déboule dans la ruelle. Ça tangue, ça sort du café. Ça s'approche de trop et ça va pour nous percuter. Drôle de comète, humaine. Quoique, maintenant humain qui n'a plus rien d'drôle, mais de salement ivre. Son coup d'pied nous l'évitons. Je saute et c'faisant, lévite avec la chatte au bout d'ma griffe. Elle semble souffrir, l'humain, lui, pousse un cri d'peur. Faut dire qu'y doit pas souvent en voir à c'te hauteur-là, des félins.

La chatte, elle, est aussi apeurée qu'sereine : elle s'en r'met à nous. Pas loin dans la grand'rue, j'nous repose. Ma griffe lui est rentrée d'sous la côte, j'l'en extrais. Ses yeux m'sourient malgré la douleur. Y brûlent toujours de… de je n'sais quoi. Y a d'nouveau cette ligne verte au sol. Ça doit être le truc qui m'attire le plus, pour qu'mon œil m'y ramène tout l'temps. Celle que je voudrais app'ler *mon ombre*, elle boite un peu, le souffle court sûrement d's'être envolée, d'avoir été un peu perforée dans sa chair, son pelage noir argent.

Mais elle revient quand même tout contre moi et m'longe une ultime fois comme si elle voulait m'faire les poches. Elle a du mal à s'décrocher, sur la toute fin, comme si elle avait trouvé quelque chose en moi tout d'même.

Mais ça l'empêche pas, à la fin. Ses pattes laissant d'l'empreinte de notre feu, de sang, elle me tourne le dos d'un dernier regard avant d'refermer la porte de c'bout d'nuit. Ce fut la dernière fois que j'lui vis ce visage-là.

C'est-à-dire ? Oui, j'peux faire plus simple : la dernière fois que j'la vis, tout court, celle qui quelques instants fut mon ombre. *El Maestro* y vous l'dirait, que sous poésie, y'a pas d'différence entre c'que l'on voit et c'qu'on perçoit : y'a c'qui nous touche. Et elle m'toucha, cette ombre éphémère. Même que d'ses rondes autour de moi, à plus savoir partir de moi, j'en sentirais l'abrasion longtemps, longtemps. Car quand l'on tend l'espoir d'avoir retrouvé son ombre, on n'en sort pas sans brûlure. Et j'la vis partir ! La lune là-haut la r'gardait bien ronde, de tout l'argent qu'elle pouvait. Elle la r'gardait remonter la rue, chaque patte posée comme sur le fil d'un funambule : sur cette drôle de ligne verte. J'la laissai partir. Pourquoi ? Je ne sais pas.

Dans la foulée, mais pas la sienne, j'me remis au carreau derrière lequel mes deux humains étaient, dans cette pièce avec d'autres où y semblait falloir jouer au roi du silence. J'leur fis la fleur de rester dehors et de pas venir jouer parce que forcément, j'aurais gagné. Les voir, ça m'réchauffait du froid qu'a *l'instant d'après*, quand tout retombe. L'ombre de cette chatte noire, *j'commençai à penser que j'l'avais imaginée tout du long.*

À l'intérieur, l'humain debout faisait des gestes, mais j'voyais pas quoi, y m'tournait l'dos. Y savait pas sûrement, qu'y faut pas tourner l'dos à un chat noir, car ça pourrait vous dev'nir une ombre. Enfin, il en avait d'jà une lui, j'crois.

Et à ses gestes, toute la pièce d'humains assis lui répondait. J'avais beau tout savoir depuis l'aube de brume, je comprenais pas c'qu'y faisaient, si même y s'disaient quelque chose. J'aurais bien aimé qu'on m'explique, mais qui ? En tout cas, j'veux bien croire, j'veux bien dire que tout geste ou toute parole qui permet d'être compris, c'est un geste de grâce.

Et j'les trouvais gracieux mes deux humains, assis là d'vant à s'sourire. Et à m'sourire à moi ! La femme venait d'me voir et elle me montra à son compagnon d'langage bizarre.

Plus tard dans la grande salle, y buvaient un verre de sang, rouge comme ma patte. La jeune femme m'vit à nouveau au carreau, et sourit, et s'approcha. Elle rit en disant, en lisant sur ses lèvres, qu'en matière de *gato negro*[14], j'avais meilleure allure que l'*vino tinto*[15] d'ici. J'compris pas tout, juste qu'elle avait ce drôle d'accent que j'connaissais. Du pays d'Falenatus, j'crois bien. Elle approcha tout contre la f'nêtre et me souffla d'ssus ! J'sentis pas la chaleur, mais l'intention. Des fois c'est pareil.

Ma vue s'fit floue, ou était-ce le carreau ? Un doigt s'mit à miauler d'ssus la transparence. Son doigt venait de dessiner les contours de ma p'tite tête de borgne. Une ombre de transparence, de derrière laquelle elle sourit, avec un grand trait à sa joue, et 'pis quelques ch'veux blancs dans les autres noirs. Mais dans c'portrait d'eau à la vitre, elle mit son visage et à la place de mon œil disparu, elle m'cligna d'un des siens. J'en tombai encore à la renverse ! De m'voir l'œil s'ouvrir par procuration.

Et 'pis… j'voulus jouer. J'voulus les avoir auprès d'moi, ces deux humains. J'voulus m'projeter à l'intérieur pour les impressionner, mais dans l'élan et

---

[14] Nom d'un vin rouge : chat noir.

[15] Vin rouge.

l'enthousiasme, j'me perdis. Pas n'importe où… là où on m'avait enl'vé l'droit d'avoir une paire d'yeux.

Sur le mur à Lorient, ça n'avait pas manqué, mais cela n'avait jamais été aussi frontal. Et ce n'était plus de la craie.

Le sang utilisé pour dessiner le graffiti, il coulait encore. La fresque en était à ce point étendue, à force d'ajouts et de *surajouts*, qu'elle en était maintenant au-d'ssus du petit feu que la silhouette avait délaissé, pas loin de l'angle. Une forme féline avait été dessinée, mais tout coulait j'vous dis. J'pus distinguer un œil vert : était-ce moi ? Ou y en avait-il un autre, sous le sang salement ruisselant ? Un chat léché par les flammes.

Frontale surtout, la question : *Comment puis-je t'appeler ?* Et là, la voix s'mit à parler au-d'dans, mais d'loin, comme une brume dense ! Et le gravier derrière, de l'accompagner. C'fut la panique à bord d'mes pensées et quand j'me r'tournai, j'vis la silhouette, je crois, mais dans l'contre-jour du lampadaire… J'ai jamais aimé ces bâtons avec de la lumière au bout : le seul contre au jour, c'est la nuit, et y faut laisser les yeux s'y habituer.

Là j'eus pas l'temps, car ma peur me pressa le saut suivant ! La silhouette approchait sans que j'la distingue et… sans aucune nuance de couleur, au bout d'sa main, j'vis une queue tendue et tout l'cadavre félin qui va avec. Avec tout c'que j'avais vu, même que d'un œil, j'pensais qu'j'avais déjà aperçu la terreur dans ma vie. Mais non, c'fut la première fois, là, voyant la tête en bas rapper au sol.

Le lampadaire m'empêchait d'voir bien, et c'était quand même le comble ! Il m'empêcha d'voir bien si ce chat qui n'était plus un chat, mais d'la chair, était noir, blanc, tigré. Moins encore, pour sûr, d'voir si cette peau, ces poils, avaient été chat… ou chatte. Terrorisé j'vous dis !

J'partis comme un éclair ! Assis tout à coup dans c'café, à la place en face de mon humain, pendant qu'mon humaine me cherchait encore au carreau. 'Pis l'mâle me vit, sembla surpris et l'appela, elle. *Chispa* [16]!

Et 'pis il lui fit signe quand elle s'retourna, il lui signa : *là, regarde là* ! Vers moi. La femme aussi fut surprise, mais très vite son r'gard se changea en quelque chose d'malicieux. Comme si quelque part, elle m'disait qu'elle avait un peu compris.

[16] Étincelle.

Chapitre IX

Creo que no tiene sentido
Cómo funciona esto
Lo que parece vivo
Se está muriendo
Y pienso que ya no es lo mismo
Que en aquel momento
Y quiero, quiero, quiero más
De eso de que me das
Quiero más

Je crois qu'il n'y a pas de sens
A comment cela fonctionne
Ce qui paraît vivant
Est en train de mourir
Et je pense que ce n'est déjà plus la même chose
Qu'à cette époque-là
Et je veux, je veux, je veux davantage
De ce que tu me donnes
J'en veux davantage

Las Edades – *Pozo Divino/Puits divin*

J'sais bien, vous vous dites que mon histoire elle arrête pas d'grossir, grossir. Mais j'vous avais bien dit qu'mon excroissance de griffe à ma patte foll'ment ruiss'lante, elle s'arrêtait pas d'couler quand elle commençait.

Avec le temps, j'remarquai qu'c'était p't-être encore plus vrai les soirs de lune : de croissant, à quartier, à pleine, comme une histoire qui s'éclaircirait, s'éclaircirait, et 'pis qui r'viendrait p'tit à p'tit vers l'envers, les phrases cachées, les mots au mur d'Lorient, là où j'avais d'plus en plus peur d'aller m'risquer l'museau.

Les derniers événements, y s'passèrent sous une pleine, pleine lumière du grand œil d'la Lune. Ça, j'peux l'dire déjà. Marée haute !

Mais avant d'en v'nir là, mes deux humains du café, l'même soir y z'allèrent voir le propriétaire du lieu. J'les suivis au comptoir, y s'mirent à rire. La femme me prit dans ses bras. J'eus un peu peur parce que quand même, c'est risqué ça aussi, une étreinte. On pourrait s'attacher.

Moi j'lui tâchai c'qu'y faut son pull avec ma patte émotivement ruiss'lante, mais il était noir alors ça s'vit pas d'beaucoup. Y parlèrent de moi et l'proprio, y dit qu'y ne me « connaissait pas, ne m'avait jamais vu auparavant » je cite[17]. Alors mes deux humains, vu qu'j'leur avais fait la soirée, vu qu'y m'faisaient des caresses, y m'emmenèrent chez eux dès lors qu'y s'aperçurent qu'j'les suivais d'tout partout dans la rue, même sur une certaine ligne verte.

La période de vie qui s'engagea c'soir-là m'fût sûrement l'une des plus paisibles. La voix en moi, ou elle s'taisait, ou elle ronronnait, mais d'très loin. J'passais mes

[17] E. A. Poe.

jours à fermer les yeux au soleil d'la baie vitrée, parce que quand même, j'allais pas arrêter de bouder c'foutu jour.

Et puis qu'deux humains s'prennent d'amour pour moi, j'crois qu'ça m'remua un peu. Y cherchèrent même à soigner mes p'tits soucis d'chat voyageur, mais leur médecin resta interdit d'vant tous les remèdes et rafistolages qui échouaient sur ma griffe en croissant, et sa patte qui ruisselait follement. Y z'essayèrent d'la couper, y réussir des fois, mais l'lendemain, une nuit passée par là, elle avait r'poussé d'ses bien cinq centimètres. Et le sang allait avec, j'redécorai à volonté l'appartement d'ces deux âmes chaudes, et même pas d'graffitis. Cette griffe, cette patte, c'était p't-être comme mon œil : des choses trop attachées à ma condition.

Au fond, ça m'ravissait un peu d'me dire que j'étais irrémédiablement différent des autres félins. Ça donna d'ailleurs des envies à m'sieur l'docteur de m'faire voyager pour la science, mais mes deux protecteurs le badigeonnèrent d'insultes alors, l'un en langage de Nantes, l'autre en langage de Buenos Ayres. Vraiment, ça m'ravit : on m'choyait, on m'protégeait !

D'la ville ici, j'vis des choses, mais si j'entendais mes compagnons la dire belle de jour, moi j'préférais attendre qu'le crépuscule vienne la faire belle de nuit dans l'quartier. Sous quartier ou croissant d'ailleurs : quand la lune était d'sortie, et moi avec.

J'vous parle de croissant, beaucoup, hein ? J'crois bien qu'c'est parce que la fin d'mon histoire elle a tout à voir avec des coups de griffe. Z'allez voir.

Au fond j'menais une existence heureuse et confortable comme jamais, un vrai chat classique, mais avec sa p'tite fierté d'être différent quand même. Que des avantages ? Allez pas croire.

Déjà, j'arrivais pas à dormir tout l'jour. J'sais pas comment y font les autres. Et après avoir partagé les plus belles heures avec mes deux humains, à l'aube, au crépuscule, 'fallait bien qu'je cède à cette autre part de moi, qui m'disait d'arpenter la nuit. Des fois j'me disais qu'j'aurais pu m'mettre en recherche de la chatte noire, mais j'l'étais déjà de mon ombre. Ça aussi, irrémédiablement.

Souvent, j'commençais mes nuits par un saut prudent, très prudent, au mur de Lorient. J'avais espoir qu'y m'tombe un indice de quelque coup d'craie. Mais rien.

À tel point qu'un soir où la place était vide même de la silhouette, j'envoyai ma frustration en pataugeant d'ma griffe foll'ment palpitante sur le mur. J'savais même pas à qui j'm'adressais, mais pour c'que ça m'coûtait, à part un peu d'sang d'lune, j'écrivis :

J'suis revenu, mais aucun dessin n'revint s'ajouter au mur
J'suis confus, veux-tu m'dire pourquoi ?
Oui toi, qui me suis jusqu'au fond du temps

Je r'partis, je revins, souvent, mais rien. Rien ne vint s'ajouter. Car j'avais trop ajouré ma vie ? Je n'savais même plus où aller chercher mon ombre ni quoi lui dire si j'la retrouvais. Moins encore comment la convaincre de revenir si jamais qu'j'la retrouvais.

Ce temps d'vie à m'éluder un peu, à m'diluer sans comprendre pourquoi, y m'dura p't-être deux lunes de croquettes, deux lunes d'heures chaudes sur coussin. Je sais pas d'quoi j'étais l'roi, mais je l'étais, dans la plus absolue douceur de vivre. Allons ! Même le plus noir des chats noirs, y sait bien qu'y'a rien d'absolu. Et moi j'le savais mieux encore, car dans ma p'tite carcasse la voix disparaissait jamais tout à fait. J'pouvais pas m'empêcher de r'tourner chaque soir au mur de Lorient, et ça m'empêchait pas de jamais y trouver rien d'nouveau.

Jusqu'au soir quand mon humain rentra d'une ville, et dit à mon humaine d'un beau spectacle qu'il avait vu. Il parla des ponts de Nantes, et qu'il leur avait trouvé d'l'écho, mais plus en hauteur, plus haut, plus haut. Il lui dit « j'te jure, des eaux couleur chaos comme sur l'Erdre quand on va courir les nuits ». La couleur chaos, détail pas tombé dans l'oreille d'un félin sourd, 'pis j'étais que borgne et éclopé, alors j'captai bien l'canal.

De l'eau couleur de moi dans une ville, c'est vrai qu'ça méritait l'coup d'œil. J'sentis la chaleur d'mes humains, me r'gardant, puis y s'dirent de la chaleur ensemble alors j'voulus pas déranger. Dès qu'ils eurent disparu, j'fis pareil, avec d'abord un crochet par Lorient.

Ça y était. *L'autre* m'avait répondu. C'était à la craie verte, quasi au-d'ssus la tête penchée de cette silhouette du feu. Comment ça aurait pu être autrement qu'à la craie verte ?

Aucun dessin n'revint s'ajouter ?
Car aucun destin ne vient
À ceux qui dans l'confort veulent s'ajourer

Pas effrayé pour un sou cette fois par la silhouette, j'restai. Pas affolé, car ces mots-là m'vexèrent beaucoup. Il était tard, mais y'avait bien d'l'agitation dans les rues, 'pis j'vis même des graffitis dans l'ciel, avant qu'ça pétarade presque aussi fort qu'la voix au fond des pensées. Parce que oui, cela f'sait bien longtemps, que la voix n'avait pas crié si fort.

J'sentis le froid me monter de partout, sauf à la patte, en fusion. Deux lunes de coussins et d'confort ? Non, bien plus. J'me rendis compte que le temps avait passé, passé, comme si que j'm'étais endormi dans la sérénité du monde. Mais y paraît qu'ça arrive, ça, qu'un temps paraisse court alors qu'il est long, quand on dort paisiblement, ou alors qu'il soit court, parce qu'on le vit profondément.

Le graffiti, nouvellement arrivé, la patte qui s'remettait à m'brûler, à ruiss'ler, la voix qui hurlait de comme un manque atroce, j'le pris comme un feu vert. Ouais. J'étais à feu et à sang de craie, de cris, d'ma griffe crissant foll'ment.

Y fallait qu'j'y aille, à cette ville dont mon humain avait dit d'eaux couleurs chaos. Il l'avait dite aussi, reliée par plein d'écluses et… il l'avait dite en un mot : Brest.

Arrivé au-d'ssus d'elle… ce m'fût comme à Lorient. Elle était pas vraiment belle voire… mais elle avait quelque chose, et 'pis quelque chose de commun avec

Lorient et toutes les autres aussi : une ville fendue par une embouchure.

Une rivière serpentait en elle. Le triangle à ma patte brûlait encore diablement, mais mon corps était un peu apaisé d'la voix en lui. Dans les airs, des fois c'est comme si j'me voyais hors de moi, oui, alors j'ai pas de mal à dire « il ».

Y'a pas de hasard et j'arrivai directement au-d'ssus d'un pont un peu en retrait d'la rade. Mon humain n'avait pas menti. D'là-haut, j'pouvais voir les lumières des berges, chemin d'lumière, serpenter le long d'eaux… oui, d'une eau couleur chaos.

La dernière fois qu'j'avais vu quelque chose d'aussi noir et scintillant pourtant, c'était quand j'avais cru saisir mon ombre dans la nuit, mais qu'ça avait été la chatte noire. Et c'te pensée… bon.

Dans les airs, j'me serais senti comète, étoile filante tellement la sensation d'l'avoir à m'étreindre et m'étreindre encore en s'enroulant autour d'moi, elle m'habitait, me brûlait. C'était comme si mes poils noirs n'existaient plus, et que par l'seul effet du songe, du souvenir presqu'inconscient d'un contact… la rivière vers l'embouchure, et le triangle à ma patte et la couleur chaos, tout ça m'mit un sacré coup d'coussinets derrière les oreilles, au-d'ssus d'ce pont qui en moi avait comme l'art de luire[18].

J'sentis comme une chambre vague ouverte en moi, une chambre magmatique. Et 'pis les pétards s'remirent à

[18] Pont de l'Harteloire, Brest.

miroiter dans cette ville aussi, sur les eaux couleurs chaos. J'me carapatai direction l'bercail : Nantes.

J'retrouvai mes deux humains dans un genre d'animalité, eux aussi. Ils occupaient ma place et j'me voyais mal leur dire quelque chose, déjà que j'disais toujours rien… je sentis la chaleur, encore. C'était de l'incandescence, cette chose en moi, une incantation d'feu comme une marée, comme un va-et-vient à décompter. Comme entre eux.

Avec le r'cul du matin, j'saurais aussi qu'c'était un compte à rebours vers la fin, vers la fin d'mon temps d'paisible. Et la leur aussi j'crois.

Elle, elle s'aperçut soudain d'ma présence. J'étais assis pas loin, j'essayai d'me fondre en noir dans la nuit, mais difficile avec ces foutues lampes-échos-du-jour. Quitte à être repéré et puisqu'ils imitaient ma manière de m'mouvoir, j'me dis qu'y valait mieux y aller de front et chercher la caresse comme ils le f'saient. Ça me les fit éclater de rire, en grand !

J'voulus alors toucher son visage ruisselant, à elle, ses cheveux noirs argent qui pendaient au-d'ssus de son sourire. Des choses que même lui, il pouvait pas voir. Elle se laissa faire, mais sans faire exprès j'ripai, ma patte vint s'ficher dans sa lèvre, à l'intérieur d'sa lèvre ! Vraiment, j'fis pas exprès et elle, elle s'arrêta d'rire tout de suite. On en eut d'la chance, on resta pas coincés, elle enl'va l'hameçon d'ma patte follement ruiss'lante de sa bouche. Y'avait du sang, et c'était pas que l'mien. Elle paniqua pas et s'retourna d'un quart de nuque.

Presque comme de rien, elle lui dit « *me molesta*[19], qu'il nous voie. Éteins s'il te plaît ».

Lui y répondit un truc pas bête que « d'accord Agu', mais tu sais, un chat ça voit dans le noir, même pour l'amour ».

Oui, mais elle n'eut pas tort non plus, après, parce que même l'amour qu'on fait, on aime bien penser qu'il est vu d'personne, qu'on s'le garde un peu pour soi toujours. Même si elle lui dit ça plus simplement : « *para* ! avec ta *poesía guapo. Ven…* [20]». Et ils éteignirent et ils s'étreignirent, et il vint. Elle saignait. J'm'en voulais, mais aux embouchures, on sait jamais de quel coup, si ? Tout se mélange, tout se dilue. C'est l'océan, le désir, les coups. Je leur laissai ça là, dans l'ambiance pétaradante de dehors, de couleurs concurrençant la pâleur d'la lune.

Moi aussi j'vins, et j'revins même, à Lorient. Ça m'avait secoué de vivre ces choses. Après tant d'quasi-silence de la voix en moi… tout repartait. Tout revenait. J'avais à nouveau la plus pure obsession de l'ombre, et la voix en d'dans m'le rappela comme y faut. Lorient alors, toujours revenir à Lorient p'isque c'était là qu'ça s'calmait, p'isque c'était là qu'tout commença, que même son nom vous fait embarquer vers… qu'son nom dit : *demain*.

Comme un non-dit, ouais. Ou comme un nom d'poésie, qui vous l'dit quand même.

Si j'vis pas d'nouveaux mots au mur, j'voulus juste exprimer l'ecchymose en moi, comme sur un genre

---

[19] Ça me dérange.

[20] Arrête ! Avec ta poésie, mon beau. Viens…

d'mausolée. Ouais, j'faisais d'la poésie d'chat noir, et j'savais même pas à qui j'l'adressais, mais ma griffe foll'ment ruisselante se dressa, pour inscrire dans autant d'crissements et dégoulinements…

Mon ombre,
Je t'ai cherchée dans toutes les nuits
Dans toute la nuit
Comme une étincelle de noir

Et 'pis là, l'ciel s'éteint ! Où étaient-ce les lampadaires ? Plus qu'le feu dans le coin, et la pâleur d'la lune. J'vis une masse se dresser sur moi, m'couper des rayons. Comment n'l'avais-je pas vu venir ? On aurait dit une vague ! Cette fois j'avais l'œil ouvert pourtant. Dans ses mouvements, la grande ombre prit corps humain, un abdomen allant s'voûter sur moi. Pas question de m'faire voler l'autre œil cette fois. J'filai !

Nantes, encore, tout était retombé. Ils avaient libéré ma place dans l'appartement, y avait du sang d'partout, comme quand l'aube a passé. Si j'avais été courageux, je s'rais retourné à Lorient, voir c'que c'était cette forme humaine qui m'avait mis un haut l'cœur. C'est une qualité qu'j'aurais aimé avoir, le courage. D'ailleurs, pourquoi n'en aurais-je pas eu ? Allez, Lorient !

J'voulus. Mais rien. J'parvins à m'envoler, à peine, mais les murs de l'appartement m'laissaient pas passer l'instinct : j'me mis à buter encore et encore contre eux. Et la voix monta en moi, terrible, terrible… et j'pouvais plus partir, j'pouvais plus sortir ! Étais-je coincé ici ? *Rien n'est plus dangereux pour toi que*[21]... que de n'pas pouvoir sortir ! La voix, la voix... moi qui commençais justement à m'extraire d'ici, je n'pouvais plus partir ! Comme pris dans l'étreinte de je n'sais quoi. Du présent, peut-être. Ou du passé ? Ça arrive si vite, paraît-il... et la voix... j'me mis à tourner partout dans l'appartement et puis... moi, je miaulais pas ! Rien ! Mais la voix ! Elle pleurait, haut, fort, distinctement. Hors de moi !

Et le manège qui s'produisit là, il advint cent fois ensuite dans la nuit : mon humaine se l'va d'la chambre au bout du couloir, vint à moi. Elle voyait bien qu'c'était pas moi qui hurlais, mais elle eut beau chercher, elle trouvait pas. Elle était dans pas beaucoup d'pelage, elle avait la lèvre enflée. De ma griffe ? À force de réveils dans la nuit, elle s'agaça. Elle rev'nait à moi et s'mit à m'rudoyer un peu. Mais moi j'y pouvais rien ! Ces cris sortaient de je n'sais où en moi, comme un immense tiraillement éraillé. Et ni elle ni moi n'y pouvions rien. La nuit fut longue, pour elle, pour moi. Lui, il n'se leva pas. Comment pouvait-il sommeiller sereinement dans ces cris d'mort que l'intérieur de moi dessinait dans l'air ?

Au matin, au petit matin, à quoi ? 12 heures, 13 heures, ils se l'vèrent.

Y s'firent distants, avec moi, mais entre eux aussi. La lune partie, les cris d'la voix avaient cessé, comme une brume estompée. J'voulus dormir, mais pas possible. Y s'mirent à parler, parler. Y s'enlacèrent et y semblaient pas

---

[21] *Dès qu'un environ a pris ta ressemblance, ou que toi tu t'es fait semblable à l'environ – il n'est plus pour toi profitable. Il faut le quitter. Rien n'est plus dangereux pour toi que ta famille, que ta chambre, que ton passé. A.Gide.*

s'en lasser. Ça dura quoi ? Pfff les chats noirs c'est nul avec les durées, j'sais pas. Longtemps. Très, très longtemps. De l'œil mi-clos, j'les vis faire. Il partit. Elle ferma la porte, s'assit, pleura pas. Elle toucha sa lèvre, me regarda. J'espérais n'pas lui avoir foutu d'infection. J'm'attachais à elle après tout, à lui aussi, alors d'ce virus j'aurais pas voulu lui en avoir foutu d'partout avec ma griffe. C'lui de l'attachement.

Comme j'vous l'disais, ça arriva pas, car ce matin marqua pour de bon la fin d'ces temps paisibles.

Une nuit que j'pus revoler, j'partis pour Lorient, pour Brest, pour toute la nuit. Au matin j'revins, l'appartement était vide. Plus une âme, moins encore une ombre. L'errance reprit alors, seul à nouveau, et seul de mon ombre. L'hiver fut froid. La voix hurlait souvent. Plutôt qu'du feu à ma patte, j'sentis comme des eng'lures à la griffe, mais le sang coulait toujours sous lune.

À Lorient, on avait dessiné à nouveau, un puits, à la craie verte. La silhouette vint m'tourner autour souvent, j'lui échappais à chaque fois. J'revins voir le puits, y semblait s'effriter à chaque nouveau regard, comme si on lui enlevait des pierres de craie. Moi la déliquescence ça m'parlait pas trop, car j'avais déjà été épluché de pattes valides, d'un œil, d'mon ombre.

D'ma griffe foll'ment incandescente, j'mis un peu d'sang dessus, histoire de cimenter, savait-on jamais. Ce puits, il était joliment dessiné tout d'même, c'eut été dommage qu'y s'perde sous les pluies et les coups d'vent. Moi l'vent, j'allais l'prendre souvent la nuit, dans d'autres embouchures où ma voix s'taisait un peu. Du fait qu'parce qu'en un sens, je r'gardais alors vers l'horizon ? Comme à Lorient, ville de l'aube, ville de lendemain.

Aux embouchures j'aimais bien ces grandes tours, ces puits d'lumière qui f'saient des tours et des tours comme moi : avec qu'un seul œil. Ils brillaient ! ça m'hypnotisait. Y en avait un au nom faussement félin, où fallait pas être frileux, au bout d'un p'tit pont au milieu d'une rade. J'aimais bien l'regarder tourner. Ses clins d'œil. Lui aussi, il voyait dans la nuit. C'était un peu d'poésie alors, comme cet autre, celui-là même où j'étais allé la veille de plus retrouver personne dans l'appartement. C'était drôle, car quand j'le regardais, une fois, y m'donna comme son nom en signaux lumineux, dans un langage un peu en vrac, en bout d'nuit, en bout d'rivière. Ouais parce que vous l'savez depuis longtemps maintenant, depuis l'aube de brume, j'parle tous les dialectes. Même c'lui des phares. Quand on prend l'large la nuit, c'est jamais inutile, non ?

'Pis j'revins à Lorient, une dernière fois, et ça m'cascada tout. La silhouette essaya pas d'm'attraper, elle était partie, laissant son feu sans surveillance. Le gravier crissa quand même, c'était une femme, elle grandit, passa, son ombre projetée par le feu aussi. Moi aussi, j'passais, comme d'une saison à l'autre. J'avais plus ou moins pris la routine des météos, d'où trouver la nuit et les crépuscules pour vivre une parfaite vie d'chat noir. D'la lune, j'voyais certaines phases courtes, d'autres très longues, mais j'vous l'ai dit : tout est comme la lune, c'est clair et gros et grand, puis ça r'tourne au noir, à la pénombre. Moi, chat noir rev'nu devant ce mur, j'm'aperçus qu'le puits avait continué d's'ébrécher. Il avait même des rigoles de craie verte qui fuyaient et… là, ça m'fit pas rire.

Dans cette eau fictive, dans ce vert, trois lignes avaient été inscrites, évanescence d'un quadrillage déformé, c'lui d'une pierre sûrement. Dans cette marelle mal dessinée par les éléments, il était écrit…

Le jeu est fini
Va dans la nuit, chat noir
Ne m'espère plus
Dans la nuit va, dans le noir
Car tu ne m'as pas trouvé : va
N'en aie pas le cœur troublé : va
Je fus ton ombre, je fuis : je pars
Trop de jours nous séparent
Tout le jour nous sépare

Hébétement. J'sais pas si on emploie le mot pour les chats noirs, car on est déjà des bêtes, non ?

Dans le 7e gratte-ciel, p'isque l'aube venait, j'me réfugiai. J'me dis que j'reviendrais au crépuscule, m'assurer que c'était pas ma folie qu'avait écrit tout ça.

J'm'endormis sans savoir que je n'saurais pas tout à fait revenir.

Au milieu du jour, j'essayai d'ouvrir l'œil, mais rien à faire. C'était le noir total dans les clameurs du jour et de la ville. J'étais trempé, trempé, comme d'être tombé au fond de l'eau. J'me sentis chuter encore, en m'rendormant, et comme d'un long, long écho à travers l'espace-courbe des choses de ma griffe en excroissance… Vous m'suivez ? J'atterris.

Dans l'froid ! Un froid glacial. J'pus ouvrir l'œil cette fois. Vraiment, j'étais frigorifié. Une évidence ? Au milieu de hauts reliefs, au milieu de la… neige ? Je n'pouvais pas bouger mon corps, sauf la patte. La lune était pleine, me regardait d'son grand œil plein, blanc. J'sais pas comment, elle m'permit d'y miroiter, d'm'y refléter. J'pus me voir ! Me croirez-vous ? À nouveau, j'étais chaton.

J'levai ma patte vers mon reflet, j'voulus caresser le visage de la lune, lui faire une fossette avec ma grande excroissance de griffe, que j'avais toujours. Puis mon reflet disparut, ne laissant qu'mes poils noirs de patte sur le satellite. J'me sentis faible comme si ayant récupéré ma jeunesse j'allais mourir, que tout allait finir, sans avoir jamais pu trouver mon ombre. Car si j'avais survécu, sûrement aurais-je essayé encore, de la trouver. Mais j'allais dire adieu à la vie, me sentant partir dans le gel de cette nuit. Adieu, mon ombre ?

Qui sait ? Non. Elle apparut, mon humaine. Le grand cercle de la lune au coin d'l'oreille et tous les rayons argent dans ses cheveux noirs. Elle me r'garda. Un instant surprise, circonspecte, oui, comme d'avoir vu un spectre. Et 'pis en m'prenant, elle dit « Gatito… tout p'tit maintenant, hein ? Au café de Nantes, je savais bien déjà que tu étais un peu différent. »

Quand la lune éclaira son visage, j'lui vis un point rouge au bout d'la lèvre. Ça, c'était moi. Et ses ch'veux longs, plus longs. Ça, c'était le temps.

J'étais frigorifié, mais ça n'empêchait pas ma patte foll'ment ruisselante de continuer de fuir, de fuir, de fuir, comme la lune qui de jour en jour jusqu'à un soir comme ça, n'avait cessé de grandir, grandir, grandir.

Entrés dans une sorte de maisonnette en bois, mon humaine nous allongea sur une paillasse, dans sa veste jaune, puis dans une couverture. Avec une infinie affection, que ma patte et mon œil lui rendaient. Elle ne posa pas de question : comment pouvais-je être là, sous cette forme ? J'aurais pas su dire, j'aurais pas su parler. C'est ainsi dans la nuit, les mots se taisent peu à peu, pour laisser la place au rêve. C'est c'qui lui arriva, à elle. Un peu transi d'tout ça, j'l'imitai au fond d'son pull en laine bleue. Le froid avait failli m'avoir, mais non. D'un refuge de bras, de sommeil comme une cabane en montagne, j'allais poursuivre l'existence. Et puis…

Quelques heures avaient dû passer. J'ouvrais l'œil de temps en temps, car un chat noir ça n'dort pas vraiment la nuit.

Entre la fenêtre d'où nous irradiait la Lune, et moi, j'sentis trembler. Mon humaine s'mit à parler, parler ! Allongée sur l'côté face aux éclats, elle avait la nuque un peu r'dressée. Elle tremblait ! Mais seul son bras se leva et… et dans la lune, elle n'agita qu'un doigt, un seul, qu'elle crocheta comme… comme… vous voyez ?

Elle parlait ! Comme d'un langage de révolte. Son doigt crochu dans l'argent tout rond, ces quelques secondes ! ça m'tétanisa comme au jour d'la première aube. C'était plus l'froid non, c'était la terreur !

Et puis elle s'réveilla, s'apaisa. Elle soupira, s'tourna vers moi, dans un grand essoufflement.

« J'ai rêvé ? Je… Pardon, Gatito, je t'en ai fait peur. Je vois des fantômes, ces jours-ci. *Fantasmas*. Des fantômes dans *la nieve* [22] je devrais pas les voir pourtant, si ? Toi au moins, un chat noir dans la neige, même dans la nuit, j'ai su te trouver. Gatito… on ne t'a jamais donné de nom à toi, c'est amusant. »

Parce qu'un chat noir des fois, c'est comme plein d'choses qui vous passent par la vie, par la tête, par le cœur : on leur donne pas d'nom, mais c'est là.

« Moi, tu sais comment je m'appelle ? Des fois, on m'dit Agustina, lui, il m'appelait Agu'. Raccourci, c'est plus simple si tu veux t'en souvenir, hein Gatito ? Tu sais qu'ici on ne m'appelle pas comme ça ? Ici on m'appelle Alba. C'est pour de faux ou pour de vrai peut-être. Pour dire que je suis à la fois quelqu'un, et à la fois personne. Tu peux m'appeler *Personne* aussi, si tu veux. Gatito… avec ton p'tit œil… ton tout p'tit œil… *en el mar…* » elle s'endormait à nouveau « … *en el mar*[23]… de la lune, et de ton sang. *El fuego... el juego...* [24] le feu de la solitude… Gatito ».

Ses mots m'formaient une brume. Je n'comprenais plus bien.

Elle s'endormit, et d'un même éclair de mimétisme, moi aussi.

---

[22] Neige.

[23] Dans la mer.

[24] Le feu… le jeu.

Au matin, j'étais au soleil sur les pierres qui chauffaient d'vant le refuge. J'en fis le tour, il avait été déserté par tout le monde, même par elle. Parce que dans les jours, tout le monde s'en va, pas vrai ?

Oui, il n'y avait pas l'ombre d'un chat dans la neige, pas même la mienne. La blancheur autour ! Elle était aveuglante ! Toute cette neige, froide, immense, blanche, oui. Moi j'préférais la pâleur et la nuit, la lune ! Ses reflets argent.

Mais tout était vide, vierge, blanc, comme la page d'un jour de plus. Léger ? Comme de la nuit qui reviendrait.

Hors-série
L'incandescence du flou

[...] esconderme hasta el fin en la más completa oscuridad,

recordando tantas cosas y a veces, así como había imaginado tu vida,

imaginando que hacías otros dibujos,

que salías por la noche para hacer otros dibujos.

[...] me cacher jusqu'au fin fond de la plus complète obscurité,

me souvenant de tant de choses et parfois, de la même manière que j'avais imaginé ta vie,

m'imaginant que tu faisais d'autres dessins,

que tu sortais à la nuit pour faire d'autres dessins.

Julio Cortázar, Grafitti

I

« Gabrielle était pourtant certaine d'avoir entendu… quelque chose ? »

Gabrielle ? Gabrielle, c'est la voix qu'j'entendais à l'instant ? Nom d'un phalène argentin, si j'pouvais parler ! L'app'ler ! Même à défaut : miauler. P'isqu'en chat noir, ce s'rait quand même un peu d'ma condition. Allez Gabrielle, reviens, sors-moi d'là, ça prend l'eau c'truc en plus. Gabrielle !

« Pardon ? … Non, mais… c'est ça de trop chanter Gabrielle, elle finit par entendre des voix. »

Mais non Gabrielle, z'avez tout juste, j'suis là ! Et c'est normal qu'vous m'entendiez penser, Gabrielle ! Si vous m'voyiez, vous… bon sang, elle est salée celle-là, Gabrielle !

Si elle m'voit elle va p't-être prendre peur cela dit… un chat noir sorti d'on n'sait où comme d'un mur, comme de l'ombre de la nuit, et borgne avec ça ! Et avec une griffe immense ! Un croissant qui lui pisse du fluide ! ah ça… bon ça, j'espère qu'elle entend pas. T'façon, les créatures m'entendent mieux quand elles m'voient.

« Comment ça *qui lui pisse du fluide* ? Gabrielle t'es d'accord avec ça ? Qui pourrait donc s'permettre de faire ça d'vant nous, et d'vant chez nous avec ça ! »

Mais non… c'est pas ça qu'j'ai pensé. Mais elles sont combien là dehors ? Y en aura pas une pour m'débusquer d'ce foutu truc ? GABRIELLE !

« Oui ? »

Bon dieu des félins, en v'là une qui entend, au moins. Elles sont donc presque comme moi qu'entends clairement une voix au d'dans. Elles peuvent m'entendre penser pour d'bon. Gabrielle, GabRIELLE, GABRielle…

« Mais je ne m'appelle pas Gabrielle. »

Mais c'est pas grave ! J'vous appellerai comme vous voudrez ! Toutes ces voix, allez ! Qu'y'en ait une pour m'libérer, j'peux même pas y voir pour chercher une sortie en plus. Et maintenant qu'c'est plein d'flotte et d'sang frelaté d'eau d'mer, c'est encore pire. Si j'avais encore une ombre, sûr que j'l'aurais perdue dans tout c'flou d'noirceur. Gabrielle !

« Qui c'est qui n'a pas d'ombre ? Où es-tu, l'intrus ? Sais-toi ici chez nous, chez… »

Ici, ici, ici ! J'y pense tout haut, si haut ! Et j'crois que… une main parcourt cette boîte dans laquelle on m'a… dans laquelle *elle* m'a… *elle*… J'espère qu'elle va bien, quand bien même elle m'a foutu là-d'dans tantôt.

« Ici ? Ici, ici ? »

Oui !

« Dans cette drôle de boîte ? »

Oui ! Trois fois oui ! Sortez-moi d'là ! j'ai le droit de vivre ! C'est p't-être même pour ça qu'*elle*… *elle* m'a mis là-d'dans…

« 1… 2… 3… ! marée ! ça va s'ouvrir, attendez. »

Marée ? Pourquoi, *marée* ?

« Ben à la surface on dit *marelle* mais où qu'on vit nous, marée, 1, 2, 3, c'est quand même plus adapté ! »

Comment ç...

« 1… 2… 3… ! marée ! »

Ça y est, c't'ouvert ! de l'air, de l'… eau ? Beaucoup d'eau ? QUE DE L'EAU !

« Hiiiiiii ! Mais qu'est-ce que c'est qu'ce nuage ? Gabrielle ? Regarde-moi ça, de l'encre ! Encore un de ces poulpes ! Je déteste les poulpes, c'est dégueulasse ces bestioles. Avec leurs trois cœurs en plus de ça, ça s'croit toujours supérieur et plein d'bons sentiments. Gabrielle ! Je vous le dis : JE PEUX PAS LES VOIR. »

Non, mais en attendant c'est moi qui n'y vois rien. Attendez, attendez, j'ai trop d'eau salée et trop d'sang dans l'œil, j'ai aucune idée d'où j'suis.

« Tais-toi, foutu poulpe ! Venez, on s'en va Gabrielle. »

J'entends que des voix… en plus de celle en moi à laquelle j'comprends rien, et j'peux pas biffer même un coup d'œil alentour, c'est l'flou total.

Gabrielle et… attendez ! Et puis… comment ça *le poulpe* ? Trois cœurs ? J'sais pas si j'ai trois cœurs, mais en tout cas y paraîtrait qu'j'ai trois fois plus de vies vu qu'j'suis un chat noir !

« Un chat noir… non, mais vous entendez ça ? Un chat noir sous l'eau ! Gabrielle ! »

Mais si… attendez, on dirait presque qu'j'y vois un peu… et 'pis c'est pas d'l'encre d'abord, c'est ma patte follement ruisselante avec sa griffe qui pisse du fluide et…

« C'ÉTAIT DONC TOI ! Je t'interdis de… ! »

La voix s'fait lourde et tonnante. Aquatique.

Attendez, le nuage de sang va s'dissiper.

« Oh… Ce serait vraiment un chat noir. Moins un œil. Plus une griffe étrange. Et des pattes tordues. Et… mais tu saignes ? Il a une étrange couleur, ton sang… on en prendrait bien un peu pour nos peintures. »

J'y r'vois aussi. C'est bon, le flou s'dissipe. Où suis-je ?

« Chez nous. »

Qui ça, *nous* ? Et sous… la mer ? Du sable à perte de vue et… du mobilier ? Des violons ? Des guitares ? et… mais vous êtes seule ?

« Nous vivons en ces lieux, oui. Cependant, tu t'invites ici le chat, et en plus tu poses des questions ? T'es pas gêné ! Qu'est-ce qu'un chat noir fait au fond de l'eau d'abord ? Et comment ça s'fait qu'on t'entende parler alors que tu miaules pas d'en d'ssous tes moustaches ? »

C'est vrai, pardon… j'parais étrange à beaucoup. Y'en a même un une fois, y m'aimait bien et il a malgré tout trouvé l'moyen d'me passer la corde au cou et…

« Eh ! Par amour on ferait n'importe quoi. J'en sais quelque chose moi-même. »

Vraiment ? En tout cas, n'ayez pas peur d'moi !

« Peur ? Nous sommes les reines de ces eaux, p'tit matou. »

Non, mais j'veux dire, j'ai pas un aspect irréprochable et ça peut vous paraître bizarre que j'cause en pensées, mais c'est qu'j'crois bien qu'j'ai jamais trop su comment, mais que du jour où on m'a crevé l'œil et arraché c'te griffe que vous voyez qu'à jamais bien r'poussé ben j'peux aller d'partout dans l'monde et d'ailleurs je cherche mon ombre et…

« Ou-la, le chat. Déjà, ta tête est pas si mal, on dira même qu'on aime bien ta bouille. Et puis si tu peux aller partout où bon te semble, pourquoi tu n'es pas sorti tout seu… »

Mais si, j'vous jure ! D'habitude, j'ai qu'à penser à un endroit : j'y apparais. Mais j'crois bien qu'c'est la mer qui m'empêche de…

« C'est-à-dire ? Tu voles, le chat ? 1, 2… 3 ! »

Non. J'apparais, j'disparais. Un vieux congénère à moi, un aveugle qu'on surnomme *El Maestro* [25] dans tout Buenos Aires, il a dit que j'avais c'don. Il a pas dit que c'était parce que j'avais plus mon ombre ou plus qu'un œil, mais… mais vous ? Vous êtes Gabrielle alors ?

« Non, je ne m'appelle pas Gabrielle. Enfin… En tout cas je ne comprends rien à tes histoires, le chat. »

Oui, mais vous…

« Quoi, nous ? Nous sommes de la famille *sirène*, ça en serait quand même un peu flagrant tu crois pas ? Et va pas dire que ça existe pas, que tu es mort, que tu as des visions ou que tu entends des voix, et… »

---

[25] J.L Borges, auteur argentin (1899-1986).

Non, non, je… Enfin si, j'entends une voix…

« … normal, je parle. Tais-toi p'tit chat ! »

Non, mais une autre voix en moi.

« … nous existons bel et bien et entre nous, qu'est-ce qui est le plus bizarre par 40 mètres de fond ? 1... 2… 3 ! Une sirène ou un chat noir qu'on entend penser comme s'il causait ? et causer des balivernes en plus. »

Ce n'sont pas des balivernes, c'est…

« Ce serait sorti tout droit d'esprits de poésie tes histoires, que ça nous surprendrait pas. Si tu savais combien on en a croisé par le fond, remplis d'eau oui, et de spleen !

… un chat noir chez nous au fond de l'eau, et qui dit qu'en plus il a perdu son ombr… »

Elle me r'garde. Elle le voit bien, que j'ai pas d'ombre.

« Oui, nous venons de voir ça. Mais tu te rappelles que nous t'entendons penser, le chat ? »

Oui, mais il faut bien qu'je pense. Avec ça, elle me laisserait un peu songeur. Elle aurait des airs de géante. Et ces voix ? Il y en avait d'autres. Toutes ces voix ! Elle est étrange avec ses intonations, la sirène…

« … vraiment, je t'entends le chat. »

Elle en aurait quelque chose de déstabilisant, même. Quelque chose de curieux, dans ses grands yeux châtains ? Aussi grands qu'francs. Non c'est pas tout à fait ça, ça vient pas d'là. Ses ch'veux qui lui ondulent et la caressent ! J'aimerais qu'on m'caresse comme ça.

« Oh le chat… pars pas dans tes… »

Oui ce sont p't-être ses ch'veux à contrastes de dorures, et puis sa voix. D'une fois sur l'autre… d'sa voix ou d'ses ch'veux, la géante on dirait qu'elle s'protège la vulnérabilité.

« 3, 2, 1… marée ! Bon allez le chat, tu fais quoi ? Tu r'montes ou tu cherches la profondeur ?

1... 2… 3… Marée ! »

Elle est rigolote. À chaque fois qu'elle décompte, elle fait en fait 1… 2… 3… p'tits mouvements de ci, de là, d'la nageoire.

« 3… 2… 1… Marée ! »

Est-ce qu'elle s'rait pas un peu folle, aussi ?

« Dis donc le chat ! Tu vas voir 1, 2, 3 si j'suis folle ! Et puis… on le serait tous un peu, fous, tu crois pas ? ça dépend simplement de la façon d'le montrer. »

Je l'aime bien.

« Notre phrase ? T'as entendu Gabrielle ? Oui, moi aussi, 3… 2… j'en suis pas mécontente. On en a quelques-unes qui nous viennent comme ça par ici-bas. Peut-être bien que c'est l'ivresse des profon… »

Non, vous, j'vous aime bien.

« Hey là, hey là le chat ! Tu nous connais à peine la voix qu'tu nous fais déjà des mots doux ? C'est quoi après ? De la poésie ? On te fera dire, p'tit cyclope, que t'es loin d'en avoir le troisième œil. »

Cette percussion !

« Ça ! Dire ça, c'est déstabilisant. Et puis… mais ta griffe elle fuit ? Viens, on va la panser, viens. »

Non, mais y a rien à y faire. Dès qu'y fait nuit, pas moyen, elle coule, elle coule.

« Ça m'fait penser à des plages de sable rouge, d'il y a… »

D'il y a ?

« Non… rien. »

Elle m'fait rire à dev'nir ferme et directe, et la s'conde d'avant, presqu'à s'ouvrir, mais… non. Le coquillage n'est pas prêt à…

« Coquillage ? Oh le chat ! Nous-t'en-ten-dons. On va s'en aller tiens… 1… 2… 3… »

C't'un peu ça, oui. Force d'océan, vulnérabilité d'géante. Ça va toujours de pair ces trucs-là. Elle a d'la folie, elle a d'la lucidité. Et v'là qu'elle se met à chanter ! Oh…

« Et la lune perce…
Et l'croissant passe…
Et la lune berce…
L'excroissance d'une patte… »

C'est vrai qu'd'à travers la surface, la lune passe maintenant. Et la voix en moi, qui s'calme, qui arrête de hurler ? Est-ce qu'on peut vraiment faire ça avec rien qu'un chant ? S'apaiser sur ces tapis d'sable, et…

« Tu sais l'chat noir, ton pelage il fait très *drapeau.* »

Hein ?

« Mais pas avec les os d'ssus, la mort. Tous ceux qu'j'ai vus par le fond avec ce drapeau, ben ils sont morts. Non, noir, toi le drapeau comme… parce que oui : tu sais ? que si on écrit quelque chose, qu'on dessine, qu'on chante, qu'à… eh bien ça se réalise. Alors ceux-là, une tête de mort sur l'drapeau de ton pelage noir et… y m'sont morts dans les bras ».

Z'êtes sûre ? Que c'était pas juste l'eau dans leurs poum...

« L'eau, c'est juste une conséquence, le chat ! Et nous on n'est que des conséquences de l'eau. »

Ah. Ben l'drapeau dont vous parlez just'ment, j'crois que j'l'ai d'jà vu…

« Un bien peau pelage, ça oui. On dirait ses cheveux à lui… Oh et arrête de nous vouvoyer, le chat ! »

Mais… elle se r'met à chanter.

« Voie lactée non d'or, mais d'argent : rivage…
Non n'dors pas, le voile de la nuit t'attend…
Argente-toi et viens à moi : étends-nous… »

... Est en nous le lien des marées avec là-haut... avec la Haute qui hante nos sangs... Mais ? Je l'envie d'pouvoir chanter, moi qui suis comme inaudible.

« Et voilà, j'l'avais dit, à 3, 2, 1… ! qu'y nous raconterait de la poésie ! »

Non, mais j'crois que d'vous entendre chanter tout à l'heure et maintenant, la voix d'dans moi elle…

« C'est qui, cette voix ? Arrête le chat, avec *vous* ! »

Mais vous étiez plusieurs à chanter, parler, tout à l'heure, non ?

« Allez, viens à notre château, en bas. »

Un château ? En même temps qu'elle m'parle, elle m'attrape par la queue et m'tire vers des ch'mins de corail, à la lisière du noir.

« On le sait bien qu'on te tire, puisqu'on le fait. Qu'est-ce que tu dis le chat ? Et puis d'abord, avec ta dégaine de tout fracassé, ce serait peut-être la seule prise intacte. »

N'importe quoi ! J'ai peut-être qu'un œil, mais je…

« Teu teu teu. Laisse-toi porter. »

Ces coraux, on dirait des ponts. Et c'courant qui nous aspire vers en bas, ma voix, ma patte, ma griffe, ma…

« Des ponts, c'en est. On les cultive entre les îles, entre les terres isolées. »

Parce qu'vous vous sentez seule, au fond ?

« C'est un courant d'pensées, tu vois le chat ? 3... 2… 1… pas vrai Waël ? »

Waël ? Pas Gabrielle ?

« Même ici-bas, on fait d'l'esprit. Et des esprits, crois-moi, on en voit passer ici. Tu sens ? Cette eau tiède. Ce courant, on essaie de le faire circuler. »

Je comprends rien, sirène.

« On ne comprend jamais bien l'avenir. Sauf des fois quand on écrit un peu de poésie. »

J'me souviens bien que c't'aveugle d'*El Maestro* il avait dit ça, qu'on pouvait voir sans les yeux, comme nous chats dans la nuit. Mais l'avenir… ?

« L'avenir est une avenue, le chat ! Il se remonte par le passé. 3... 2… 1… Marée !

Mais moi je t'invite à descendre, descendre, nous voir tout, tout en bas. À la surface on dit que descendre en soi, c'est s'oublier, se fermer à l'avenir, c'est ça ? Nous on croit pas, et toi non plus p'tit chat avec tes 9 vies, pas vrai ? Parce que si l'avenir c'est tout tracé de rester en surface, alors nous… on invite le monde à déconstruire l'avenir. »

Ou à faire d'la poésie. Eh, là ! C'est vertigineux ici ! On va tomber, la sirène, attendez ! Sous l'eau j'sais pas si un chat ça r'tombe sur…

La voix en moi s'met à hurler ! D'aller profond, sûrement et…

« Allez, calme-toi le chat. Laisse-toi descendre, descendre. On peut te chanter quelque chose pendant le voyage. Ou alors, raconte-nous comment tu es arrivé ici ? 1, 2, 3, marée ! »

Dans l'courant on dirait presque d'la poussière !

Comme de la craie, plein d'couleurs de craie !

Je… sur la paroi, est-ce que je n'lis pas… ?

Et si nous fréquentions le pays…

3, 3, 2, 1 ! …

... le pays des morts à chaque sommeil ?

Marée !

Elle me lâche, j'suis entraîné par le courant. *J'ignore où elle fuit*, derrière elle, *elle sait pas si j'y vais*.

II

Dans le crépuscule quelques heures plus tôt, quelque part entre Cuba et le Mexique, à bord du navire Andrinople, arborant un drapeau noir. Et qui, pour cela peut-être, essuie les tirs des marines.

« Bordel Agu', viens, il faut évacuer !

— Mais le chat, Andrea, le chat !

— Mais quoi *le chat* putain ? Le bateau peut sauter d'une seconde à l'autre, on s'en fout du chat ! Pourquoi tu l'as amené d'abord ?

— Je l'ai pas amené, il est apparu ! Comme l'autre fois dans les montagnes.

— Bien sûr Agu', bien sûr, comme ton ombre ! Et mon ombre à moi c'est un requin blanc. Allez ! Viens ! Laisse-le suivre, ton chat !

— Andrea ! Regarde-le, comment tu veux qu'il survive dans l'eau avec nous ?

— Mais j'sais pas moi ! Putain Agu' on va y passer pour un chat, un simple chat ? On a une mission à accomplir, viens !

— Andrea…

— Mais j'sais pas moi, *Chispa*[26]! Mets-le dans une boîte et sur une bouée, ou… ou… Le four ! Mets-le dans le four ! »

Z'allez pas l'croire ou p't-être que si : elle le fait ! Comme si j'avais pas d'jà été assez estropié, brisé, brûlé, ensanglanté, maintenant y faudrait-il pas qu'elle m'mette au feu ! À feu et à sang et 'pis maintenant y faudrait carrément l'incandescence !

Elle m'dit qu'elle me met à l'abri, au chaud, qu'elle me protège. Et je le revois bien, le vert de ses iris, naufragé dans ses yeux, ses yeux chauds oui, et son pull de laine bleu et… et… elle m'sourit tristement, avec sa fossette en forme d'ma griffe. Moi j'm'agrippe pas. J'lui regarde ses ch'veux noirs aux reflets blancs, lune, argent. Elle me dit : « *Vos, gatito... podes vivir. Tenes el derecho, de vivir.* [27]Je suis rassurée que tu ne voies pas tout. »

Et là-d'ssus elle va pour refermer la porte du four, comme sur un tout p'tit coin d'sa vie. Le sourire en croissant, triste. Feu ! ça y est.

J'suis dans l'noir : la nuit, totale.

[…]

Le courant ralentit, j'suis pas sûr qu'la sirène m'ait écouté, elle arrête pas d'chanter.

« Et j'te conterai les voix de l'envers…

---

[26] Étincelle.

[27] Toi, p'tit chat… tu peux vivre. Tu as le droit, de vivre.

On s'racontera l'éveil à nos rêves, en versants d'peaux…

On accostera dans des veilles, des vrilles…

3... 2… 1… ! … »

… Ma réalité. Cette géante de sirène m'a amené tout au fond de je n'sais où. Mais y'aurait pas d'château, juste… cette pluie ? Dans l'eau ? De craies aux combien de couleurs ? Et des tas d'genres de confettis, dont j'sais pas encore c'que c'est.

III

Me v'là au fond, tout au fond d'une fosse, ou d'abysses, ou… Mon œil de chat s'accoutume au noir, au flou. Il devait avoir raison *El Maestro* à Buenos Aires.

La sirène part un peu plus loin, fredonnant, elle n'fait plus qu'fredonner comme si elle comptait d'ses 1, 2, 3 marée !

Elle s'éloigne et semble s'désintéresser d'mon sort. Ne m'entend-elle plus penser ? Elle tourne la tête vers moi, repart vers des parois, fredonne.

J'la sens différente, au-delà de la distance. Friable ? Comme la poussière qui nous tombe, vulnérable ? Maintenant, je vois ! Tous les abysses, tout… tous ces dessins, qui tapissent cette faille ! Des fresques ?

Elle ne m'parle plus. Elle ne chante plus. Son langage est comme éteint ? Comme fredonné. Ou alors ? Elle s'met au pied d'un mur nu qu'la lune arrive encore à illuminer de très, très loin là-haut. Ma voix en d'dans ne chante pas, mais l'sang à mon excroissance de griffe follement ruisselante, qu'est-ce qu'il pisse ! Elle me r'garde. Pardon.

Mais ça fait comme des fils qui sortent de tout moi et r'montent. Des filaments. Le sable blanc en bas, y s'soucie pas que j'pourrais l'tâcher. Est-ce que j'vais m'vider, mourir ici par le fond ? Eh, mon œil n'sent pas d'danger.

Régulièrement, la sirène me regarde. Y'avait donc qu'elle ici-bas. Et toutes ces voix, sauf la mienne en d'dans, c'était donc… juste elle ?

« Eh p'tit chat, arrête de t'agiter du bocal, tu veux ? Les chats ont p't-être 9 vies, mais qui a dit que ça devait être à chaque fois la même ? Dis-toi que peut-être moi aussi, j'ai 9 voix, p't-être plus. Les unes que les autres, toutes aussi différentes et *incandescentes*.… Tu vois, je t'ai écouté. »

Et elle s'remet à fredonner. J'me permets d'approcher. Sur un mur pas loin, y'a une sirène avec un visage étrange. Comme si j'avais déjà vu ça… un ovale simpliste et orange tranchant avec un corps si net et précis et réaliste. Et sur ce visage, des tâches bleuâtres ou violettes, couleur crépuscule. Et ! Un œil arraché, mais encore attaché, qui pendrait, des lèvres déformées par la tristesse.

La sirène m'tire par la queue, m'place face à… mon ombre ? Non. Elle nous a dessinés ! Elle, me tirant par la queue tout pareil, sur un genre de quadrillage tout à la craie, comme de partout ici-bas. Des cases y sont numérotées et… que me dis-tu, sirène ? Quel est ton secret ? Quel est ton nom, d'abord ?

« Eh, p'tit cyclope… reste léger en mer, veux-tu ? Libre et léger, comme un *livre de sable*. Sinon tu pourrais nous déstabiliser au jeu de la marée.

Mon nom ? Eh ! *Gabrielle*, *Waël*,… *Personne* ? Appelle-moi comme tu le voudras. »

De son secret, elle dit rien… Mais m'entend penser, non ?

« Y'a aucun secret, tout au fond. »

3, 2, 1… elle m'tire encore par la queue et m'pose d'vant deux graffitis qui s'succèdent.

Sur l'premier, on la voit au bord de l'eau sur une plage de sable rouge. Tiens, on dirait qu'ma griffe irait s'fondre l'influx dans l'décor tellement elle pi… la sirène me r'garde, furibonde.

Sur la fresque, on la voit écouter un homme, gracile, mais fort, cheveux noirs, denses, assis sur les sables rouges.

Seconde fresque. C'est au fond d'l'eau ? Ici ! Elle s'est dessinée plusieurs fois, l'embrassant. Sauf la dernière. Lui, son premier portrait est gracile et fort et dense, et vivant. De désir plein. Puis il bleuit sur l'suivant, il a… peur ? Sur le dernier…

« 1… 2… 3… »

La marée dans les poumons, le corps blanc, tout blanc, flottant comme en apesanteur.

« J'ai oublié… que si j'arrêtais de l'embrasser, il… »

La craie s'fait floue autour de nous. Des nuages multicolores, mais d'un triste mélange.

« Le pire, c'est qu'avec le temps, et les humains descendus ici-bas, je me suis aperçue que… que même dans cet état, j'ai encore un pouvoir pour les sauver. »

Un pouvoir ? Comme moi d'apparaître et disparaître, ou d'voir dans d'la nuit d'poésie ?

« Oui. Attention cela dit, p'tit chat… je crois que tu l'as pas vu venir celui-là. »

Hein ? Santa María de los buenos ayres ! Finissant d'couler, un homme en treillis flotte juste dans mon dos !

Et un autre ! J'les évite. Un autre encore dans la craie ! J'l'évite aussi, mon sang fait des nuages d'agglomérats avec la craie et… et… un autre ! Non. *Une* autre.

Son visage à un rien d'mes moustaches. Des ch'veux noirs, leur reflet lune, des yeux vert-gris. On les dirait encore vivants. On dirait qu'elle m'sourit encore, sa fossette à la joue. La voix chante en moi. Qu'on m'croie ou pas : j'ai beau être dans l'eau, j'sens le parfum d'son corps comme ancré de toutes ses étreintes, comme à la craie sur un mur en moi.

Mon œil vert couve le duvet au d'ssus d'ses lèvres, les deux siens semblent me r'garder la moustache.

« 3… 2… 1… »

J'me tourne. La sirène est juste dans mon dos. Mon œil vert dans les deux siens… 3… 2… 1… ? J'm'attends à tout, mais forcément, une sirène au fond d'l'eau ? ça chante.

« À l'aube ou à l'aurore dans des villes sans port : des îles…

Vois-les, ces îlots de côtes : les nôtres…

Qui sous l'voile de la nuit n'sont plus deux : mais autres… »

À la hâte j'me retourne dans les yeux d'l'une, dans les yeux d'l'autre. J'les regarde de mon seul œil d'lune à moi, au travers de poésies de craie en suspension. 3... 2… 1… ?

Sirène, sirène, quel est ton pouvoir alors ? Au-dedans d'moi, on dirait que la voix s'amenuise…

Entre trois yeux : ton pouvoir, dis-moi, quel est-il ? Montre-moi ! Montre-lui, à elle !

« Es-tu sûr, p'tite être de poésie ? »

Oui. Les yeux dans les yeux, sirène, j'te le dis comme d'un tracé.

« Alors… 1… 2… » à trois c'est mieux.

***

Les voies de la nuit n'sont pas lâches, mais blanches
Vois là alors, la chance d'être un courage
Voie lactée non d'or, mais d'argent : rivage
Non n'dors pas, le voile de la nuit t'attend
Argente-toi et viens à moi : étends-nous
Est en nous le lien des marées avec là-haut
Avec la Haute qui hante nos sangs
Qui hante nos côtes de va-et-vient
Allez viens, incante en moi
Et j'te conterai les voix de l'envers
On s'racontera l'éveil à nos rêves, en versants d'peaux
On accostera dans des veilles, des vrilles
À l'aube ou à l'aurore dans des villes sans port : des îles
Vois-les, ces îlots de côtes : les nôtres
Qui sous l'voile de la nuit n'sont plus deux, mais autres

Le voile de la nuit n'est pas étanche

De nuit, Waël

À l'anarchie des références et lieux évoqués ou invoqués

– Julio Cortázar – Rayuela – Marelle, Graffiti ;

– Jorge Luis Borges dit *El Maestro* – El libro de arena, El otro ;

– Edgar Allan Poe – The Black cat;

– Charles Baudelaire – À une passante ;

– Arctic monkeys – Cornerstone ;

– Luis Alberto Spinetta – Bajan ;

– Las Edades – Pozo divino ;

– André Gide – Les nourritures terrestres ;

– Auteur inconnu – Brume dense ;

– Armando Zeferino Soares – Sodade ;

– Waël – De nuit ;

– George Orwell – 1984 ;

– Antoine de Saint-Exupéry – Le Petit prince ;

– Lorient – Rue du port, rue des fontaines ;

– Buenos Aires – Rio de la Plata, Puente de la Mujer, Avenida Corrientes, Café El Gato negro, Café La Poesía, Bibliothèque Nationale de la République argentine ;

– Quiberon – Côte Sauvage, Arche de Port blanc ;

– Port de Saint-Goustan ;

– Pointe de la Torche ;

– Port d'Audierne ;

– Douarnenez, quartier de Pouldavid ;

– Ploulec'h, Beg Léguer, Côte de Granit rose ;

– Nantes – Le Chat noir, Belle de Jour, Pont général de la Motte Rouge, Pont Saint-Mihiel ;

– Brest – Pont de l'Harteloire ;

– Plouzané – Phare du Minou ;

– Aber Wrac'h.

Quelques mots

Quel serait l'lien entre la France, l'Argentine, Poe, Cortázar, Borges, Baudelaire ? L'ombre d'un chat noir, c'était écrit ! Même : c'était à écrire.

En France, Baudelaire a traduit Poe, quand en Argentine, Borges et Cortázar y sont allés d'leur patte pour faire de même, faisant d'ailleurs dire à Cortázar que c'fût l'une des plus belles choses qui lui fût donnée dans c'monde, traduire Poe.

Au-delà, Saint-Exupéry a ouvert des voies aériennes à travers les Andes – autant dire des ponts – entre les hommes, et les chats noirs sûrement aussi. D'un de ses vols en Amérique du Sud, il sera même allé jusqu'à ramener un bébé phoque abandonné, dans la baignoire de son appartement de la Galerie Güemes à Buenos Aires.

Qui sait ? Si dans une autre vie, dans une autre de ses virées à la r'cherche de son ombre, el Gatito L'Orion n'rencontrera pas cet autre p'tit animal recueilli par les bras d'un homme.

Imprimé en Allemagne
Achevé d'imprimer en janvier 2024
Dépôt légal : janvier 2024

Pour

Le Lys Bleu Éditions
40, rue du Louvre
75001 Paris

www.ingramcontent.com/pod-product-compliance
Lightning Source LLC
Chambersburg PA
CBHW062344010826
49168CB00024B/260